Florian Schwinn

BERICHT VOM STUNDENTRAUM Erzählungen

Zur Erinnerung an einen
Silvesterbesuch im Jahre
1977
von Kristian Wachinger

Langewiesche-Brandt

CIP-Kurztitelaufnahme der Deutschen Bibliothek

SCHWINN, FLORIAN

Bericht vom Stundentraum : Erzählungen. – 1. Aufl. –

Ebenhausen bei München : Langewiesche-Brandt, 1976.

ISBN 3-7846-0093-X

Satz: Fotosatz Tutte, Salzweg-Passau

Druck und Bindung: Rieder, Schrobenhausen

Printed in Germany

Inhaltsverzeichnis

Und machte es im Ofen wie einen kühlen Thau, daß das Feuer sie gar nicht anrührete, noch schmerzete, oder beschädigte.

(zu Daniel 3, 23)

Kinderspiele

Er hatte sie überhaupt nicht gesehen, wollte sie nicht sehen. Als sie plötzlich neben ihm ging und an seinem Ärmel zupfte, wendete er sich unwillkürlich zur Seite, drehte seinen Oberkörper im Gehen und versuchte sie abzustreifen. Er hob etwas den Arm und schüttelte ihn, als hätte sich eine Dornenranke im Mantelstoff verfangen, lästig. Er blickte nicht neben sich, war zu sehr beschäftigt, murmelte etwas und suchte dem lästigen Zupfen durch einige schnelle Schritte zu entkommen. Dann, als sie ihn ansprach, Sekunden waren vergangen mit fahrigen Bewegungen; sie bettelte; drehte er seinen Kopf zur Seite, wie eine Maschine so langsam und mechanisch, nur so weit, daß sein Kinn an den hochgeschlagenen Mantelkragen stieß, und seine Augen über dem Kragen schauten sie abwesend an. Er blieb stehen und begann, sich zu erinnern. Dann lehnte er sich vorsichtig an die Mauer am Straßenrand und betrachtete sie aus dieser kurzen Entfernung, während sie unermüdlich unverständliches Zeug redete. Sie hatte ihn sehr gestört in seinem Spiel, das er jeden Morgen spielte, er war nicht verärgert, nicht mehr. Er wunderte sich nur über das Mädchen, das vor ihm stand und mit so vertrauten Sprachfetzen sein morgendliches Spiel zerstörte, als hätten sie sich gestern erst getrennt oder vorgestern.

Er hatte sein Spiel gespielt – die ganze Zeit. Seitdem sie aus der Stadt hierhergekommen waren, seit er jeden Morgen Brötchen holen mußte, seit er wieder bei seinen Eltern unten im ausgebauten Keller wohnen mußte und wenigstens fünf Kilometer hatte bis zum nächsten Gespräch, spielte er sein Spiel. Er kannte jede Phase dieses Spiels genau, auch die letzte, in der ihm bewußt wurde, daß es ein Spiel war. Es war ein schlechtes Spiel – er wußte das! Doch es hatte seinen Reiz und so spielte er jeden Morgen still in sich hinein, mit sich, um sich selbst, während er automatisch die nötigen Handbewegungen vollzog, das Bewegen der Füße, der Kiefer, der Stimmbänder. Er spielte für sich: die Unabhängigkeit: die Überlegenheit: hatte in seinem zwanzigjährigen Hirn die fantastische Vorstellungswelt eines Zehnjährigen aufgetürmt, so wie sie ein Zehnjähriger nie haben wird. Für Minuten nur! Jeden Morgen flüchtete er in die Position eines Zuschauers, betrachtete die kleine Welt um sich herum, spiegelte sich, im Sessel sitzend, im Halbschlaf gähnend, vor allem Anderes denkend, Wichtigeres. Um ihn surrte ein Film, ohne zu berühren, ohne zu belästigen, ohne überhaupt gesehen zu werden. Ein Stummfilm von entfernten Wirklichkeiten, direkt vor ihm, in Schwarz und Weiß.

Er hatte sich zurückgezogen, seine Übelkeit in diesem Spiel aufgelöst, während er sich durch die Körpermassen im Laden gedrängelt hatte, den Mantelkragen hochgeschlagen, die Straße benutzend, während er Brötchen geholt hatte – wie jeden Tag – jedesmal von neuem, nicht Brot.

Nun stand das Mädchen vor ihm, störte ihn nicht mehr, fesselte ihn vielmehr mit diesem Mund, aus dem die Wörter in die kalte Luft flogen, stückweise hervorgestoßen, gekräuselt und sich dann auflösten. Er hörte sie über sich reden und es dauerte lange, bis er antworten konnte; jetzt freute es ihn, daß sie sich getroffen hatten, daß sie zu ihm sprach, daß es warm war unter seinem dicken Mantel und die Luft kalt in seinem Gesicht. Und das träge Geschehen um ihn ging ihn wieder etwas an. Nein, es war nicht besser geworden, dort hatte sich nichts geändert, noch nie, aber er sagte ihr, er würde dieses dumme Spiel nie wieder spielen, er versprach es ihr, er nahm es sich vor, nie wieder …

Wahrscheinlich ist es zu kalt hier draußen, um sich zu unterhalten, das fliegt alles weg auf der Straße – wo wir uns doch wiedergetroffen haben, du mich, sagte er, und: Es ist naßkalt, das alles …, und sie verabredeten sich für den Abend des Tages. Er wühlte noch seine Hand aus der Tasche und faßte ihre Schulter, drückte sie kräftig, wie er das früher immer getan hatte.

Auf dem Heimweg lachte er vor sich hin, dachte den ganzen Berg hinauf, was sie für ein Mädchen sei und betrachtete die Platten des Bürgersteigs unter sich. Nun war auch sie hierhergezogen, wohnte in einem der Hochhäuser unten, Eigentumswohnung vermietet vielleicht, dort wo die meisten Wohnungen in der unbezahlbaren Leere der Betonwände noch immer unbewohnt waren, wo abends wenige gelbe Lichter die schwarzen Schluchten durchdringen sollten. Er erinnerte sich an ihre Eltern, dachte an ihr Geld, die aufdringliche Schulbildung, die Autos, das Haus, und daran, daß sie wohl besser keine Tochter gehabt hätten. Aber das war was anderes: er hatte viele Fragen. Plötzlich wollte er wissen, wieso sie gerade hierher gekommen war, ihn angesprochen hatte nach dieser langen Zeit, wie es ihr ergangen war, in anderthalb Jahren.

Und natürlich würde sie irgendwann von ihren Erinnerungen sprechen, das Suchen in der Vergangenheit würde beginnen, wo nichts zu erwarten war. Ein Scherz vielleicht, ein netter Abend wie Dutzende von netten Abenden, Oberflächlichkeit. Auch das.

Er würde sie wiedertreffen und wieder und mit ihr reden und er würde es in Zukunft nur noch wenige Minuten weit haben bis zu diesen Gesprächen, denen im Zimmer, denen auf der Straße, denen unter Bäumen, denen vor Häusern und überall, wo man reden kann. Er dachte daran, wie es war, als er mit ihr zusammen war, wohl auch mit ihr geschlafen hatte, und er dachte immer wieder daran, daß sie miteinander geredet hatten, daß sie wirklich miteinander geredet hatten. Es war gut, daran zu denken.

Er war etwas schockiert, immerhin, als sie es ihm sagte. Er hätte das nicht erwartet und blieb ein wenig länger als nötig in der Tür stehen und starrte sie an, bis sie ihn hineinzog. Das Zimmer war ganz so, wie er es sich vorgestellt hatte, und er setzte sich in eine Ecke auf eine der Matratzen am Boden. Sie sagte ihm, er möchte leise sein, weil es nebenan nicht aufwachen solle. Er betrachtete die Wände, studierte sehr genau die einzelnen Bilder, er wußte nicht was sie darstellten und es entstand eine längere Pause, angefüllt mit Erwartungen. Kinderzeichnungen, dachte er. Eine unangenehme Stille breitete sich langsam aus, Kälte, die aus dem großen stummen Haus hereindrang, durch die Ritzen und Öffnungen in das kleine Zimmer sickerte.

Aber du brauchst keine Angst zu haben, es ist nicht von dir, sagte sie dann, und: das ist auch egal, weil sie von niemandem ist, weil ich das nicht will, sie gehört zu mir, zu keinem sonst, verstehst du? Sie war sehr freundlich zu ihm, wartete geduldig, bis er antworten konnte: Ich hab nicht gedacht, daß es von mir wäre, ich hab garnichts gedacht, ich war nur erstaunt... Es entstand wieder eine Pause und er fühlte sich doch erleichtert, daß es nicht von ihm war. Er verstand sie gut, sie hatten es ihr wegnehmen wollen, das war auch garnicht anders denkbar, sie hatten sie gedemütigt, herumgestoßen, und er wußte, daß Abtreibung nichts für sie war; sie wollte schon immer ein Kind, warum, wußte er nicht. Trotzdem, sagte er, ich hätte nicht gedacht, daß du ein Kind haben könntest – du hast es immer gesagt, aber ich habe es mir nie vorstellen können – wohnst du deshalb hier, allein? Und er bemerkte ein Lächeln auf ihrem Gesicht, ganz am Rand der Mundwinkel, etwas wie Stolz war gleich wieder verschwunden, als sie nicken mußte. Jetzt war er enttäuscht und fragte sich, ob nicht auch er diesen Stolz gerne gefühlt hätte, warum er nicht, allem zum Trotz, der Vater ihres Kindes sein konnte.

Sie tranken von dem Rotwein, den sie für zwei Mark im Einkaufszentrum besorgt hatte, aßen Brot mit Butter und Käse. Es war schon spät, sie hörten die Musik nur leise. Sie arbeitete jetzt als Kindergärtnerin im Horst, direkt unter dem Hochhaus, sie hatte Kinder schon immer gemocht, war vernarrt in die Kleinsten, die mit den krummen, wackligen Beinen, konnte sie stundenlang beobachten, mit ihnen reden, ihnen zeigen und sich zeigen lassen. Er hatte das immer bewundert – er konnte das nicht. Sie hatte es bis zum Berufspraktikum gebracht, sie war aus der Kirche ausgetreten und weggezogen.

Er fühlte sich angegriffen. Dieses Mädchen, auf dessen Gesellschaft er sich gefreut hatte, hatte vielleicht gar kein Interesse an ihm, sprach nur mit ihm, weil es Erinnerungen ausgraben wollte. Sie redete von ihrem Kind und ihren Erfahrungen, vielleicht, weil sie ihn als Einzigen kannte in dieser Trabantenstadt, in der auch er fremd war. Darum sprach er von dieser wortlosen Zeit, die keine Menschen hatte, nur Körper, kontaktlose Körper, Körper, die durcheinanderliefen, laufen mußten, sich berührten, ohne zu fühlen, die mit sich selbst Theater spielten, um sich selbst nie mehr ähnlich sein zu müssen. Zwischen Menschen allein sein zu müssen, ohne jemals allein sein zu können, war vielleicht der Punkt des Kontakts zwischen ihnen, die gemeinsame Erfahrung, so glaubte er, die sie aus verschiedenen Gründen gemacht hatten. Er dachte, sie müsse allein sein, abgespalten mit ihrem Kind, anfangs, weil sie ein Kind hatte, weil sie nicht sagen wollte von wem. Und er müsse allein sein – er wußte nicht warum. Immerhin, dachte er: das Kind.

Jedenfalls konnten sie reden, auch wenn sie nur wenige Themen kannten, jeder das seine. Er theoretisierte die Einsamkeit, versuchte den Grund für manche verrückte Handlung zu finden und mit schwerfälligen Sätzen einzufangen, sein Spiel, das er jeden Morgen gespielt hatte. Er wollte es ihr genau erklären. Sie redete viel von ihrem Kind, und er hatte den Eindruck, daß sich etwas in ihr verkrampft hatte. Er ließ sie reden, er ließ sie lange Zeit reden.

Auf dem Weg nachhaus dachte er daran, daß sie sich geküßt hatten, versuchte alles an sich vorbeilaufen zu lassen. Es war plötzlich alles sehr wichtig. Er fühlte sich erleichtert, kaum erklärbar. Er konnte locker gehen, manchmal ganz leicht, konnte unmöglich ankämpfen gegen das Lächeln, das an seinen Mundwinkeln zog. Dann spürte er doch wieder die Kälte, schlug den Mantelkragen hoch und steckte die Hände tief in die Taschen, bis ihm auch das recht angenehm erschien. Und es gelang ihm, an nichts zu denken.

Die Straße war schwarz, glänzte teilweise im grauen Licht. Die Luft fühlte sich feucht und wärmer an, als an den vergangenen Tagen, milder hatte er sie nie gekannt. Hinter den Autos zogen sich zwei regelmäßige Spuren von Nässe hin, die Menschen auf dieser Straße sahen aus, als müßten sie tropfen. Alles war grau, in verschiedenen Abstufungen, er liebte die graue Farbe, weil sie unwirklich machte, was erst dadurch Realität gewann.

Es hatte aufgehört zu regnen, und als er aus dem Laden kam, hundert Blatt Schreibmaschinenpapier und die Tageszeitung, waren alle Menschen aus den Hauseingängen und Läden gekommen, wo sie mit ihren Hunden gewartet hatten, Straßen waren angefüllt mit Eile, Einkaufstaschen. Er ging langsam im Rinnstein entlang und betrachtete die fremden Körper, wie sie sich stießen und drängten. Es konnte schon vier Uhr sein, die Arbeiter kamen von der Bushaltestelle her, auch zwei Studenten, die ihn flüchtig grüßten. Er nickte. Es war alles getan an diesem Tag, alles, was getan werden mußte, das lag alles schon hinter ihm und er konnte sich jetzt nicht vorstellen, wie eine Fabrik aussah, oder eine Schule, eine Universität, ein Amtsgericht, ein Autobus. Er versuchte, nur noch an diese Straße zu denken, an die Leute, die hier entlang liefen, und an das Mädchen, das dort hinten um die Ecke gekommen war. Er kannte sie und erkannte sie und wunderte sich nicht über den Kinderwagen, den sic schob.

Sie gingen langsam aufeinander zu, hatten sich noch nicht so richtig gesehen, zeigten nicht, daß sie sich gesehen hatten. Jeder blickte vor sich auf den Boden. Sie faßte mehrmals mit der rechten Hand in den Wagen vor sich, ordnete etwas, zog etwas zurecht. Als er näher kam, als sie sich dann ansahen, bemerkte er, daß es ein alter Wagen war – hochbeinig wippte er vor ihr her. Er glaubte auch zu sehen, daß sie etwas erschrocken war.

Er lächelte sie an, sagte: Na, ihr zwei! Er fühlte sich ziemlich vertraut mit ihr, hatte einiges zu teilen. Der Kinderwagen sah schäbig aus – verblichenes blaues Verdeck und abblätternde Farbe an den Seiten, er dachte, daß er da mal was dran tun müsse – hohe Kissen und Decken – er konnte nicht hineinsehen. Sie sprachen nur kurze Sätze. Sie kam ihm verstört vor, ängstlich; sie sah ihn ängstlich an.

Sie versuchte, den Wagen weiterzuschieben, drehte ihn an ihm vorbei. Er wechselte schnell das Papier und die Zeitung in die andere Hand, legte ihr die rechte auf die Schulter. Er war enttäuscht – wenigstens wollte er doch das Kind sehen, das erste Mal, dieses Mal wenigstens. Sie hatte es ihm lange vorenthalten. Nur ein einziges Mal wollte er es ansehen, wollte wissen, wie ihr Kind aussah, schließlich konnte sie es ja nicht immer verstecken. Er wollte ihr bestimmt nichts wegnehmen, er sagte das, aber er hielt sie einen Augenblick fest und zupfte dann ein wenig an der Decke, blickte endlich in den Wagen hinunter.

Er hatte sich gebückt dazu und schaute sie jetzt von unten her an, konnte sich nur mühsam wieder aufrichten. Er hielt sie wieder an der Schulter und drückte sie so fest er konnte, er zog sie kurz zu sich heran, hielt sie dann wieder ein Stück weg von sich und starrte in ihr Gesicht. Es war bleich, und er wünschte, sie hätte weinen können, er wünschte, er hätte sich nicht dort hinuntergebückt. Sie standen einen langen Augenblick regungslos neben dem Wagen, den sie losgelassen hatte. Sie erhob langsam die Hände gegen ihn, dann ließ sie die Arme kraftlos sinken. Noch einmal, um sich zu vergewissern, wendete er sich zu dem Wagen und sah in das Innere zwischen die Decken und den alten Überzug.

In dem Wagen lag zuunterst ein kleiner Schlafanzug – weiß und wollig – sonst war der Wagen leer.

Brief an Karl

Sie war der einzige Gast an diesem Morgen, und nachdem der Wirt, ein kleiner fettiger und etwas dicklicher Mann, ihr das Frühstück gebracht hatte, zog er sich langsam hinter die Theke zurück, plätscherte noch mit Biergläsern im Wasser und verschwand dann durch eine niedrige Tür. Als sie an der ersten Tasse Kaffee nippte und sich nach ihm umsah, ihn um einen Zettel und einen Kugelschreiber oder etwas ähnliches zu bitten, konnte sie in dem kleinen, kaum beleuchteten Raum nur einige Tische und Stühle und eine große rote Bierreklame erkennen. Sie stand auf, schob den schweren Vorhang vom einzigen Fenster der Gaststube zurück und betrachtete die Straße. Die lag grau und leer zwischen den Feldern, die Pfützen am Rand waren zugefroren und das schmutzige Eis spiegelte undeutlich die kahlen Bäume. Nur wenige Autos kamen vorbei.

Plötzlich fühlte sie die angenehme warme Luft in dem kleinen Zimmer und spürte, wie der Kaffee ihre Müdigkeit zu vertreiben begann. Die einfallenden Sonnenstrahlen beleuchteten feinen wirbelnden Staub über dem Tisch und bildeten helle Flecken an den Wänden. Dieses einfache Lokal fing an, ihr zu gefallen, gemütlich zu werden, wenn auch nur für eine halbe Stunde. Sie ging noch einmal hinaus und holte ihre Tasche aus dem Auto. Sie kramte einen Block und einen Kuli hervor und legte beides vor sich auf den Tisch. Dann aß sie das Ei und zwei Brötchen mit Marmelade.

Sie dachte an Karl und daran, daß sie ihm einen Brief schreiben würde. Lieber Karl, würde sie schreiben. Nein – solche Anreden konnte sie hassen, so förmlich. Sie würde ihm sagen, was sie während der Fahrt hierher immer wieder gedacht hatte, in vier Stunden, vier Stunden lang, bis zum Frühstück, was sie vielleicht noch denken würde, nachher.

Gestern morgen hatten sie angefangen, zu dritt, ihr Bruder hatte schon lange versprochen zu helfen, und Karl war auch dabei. Es war alles viel schneller gegangen dann, schneller als sie gedacht hatte, und das Mittagessen mußten sie dann auf dem alten Spirituskocher von Karls Eltern machen. Sie hatte den Herd schon abgewaschen und niemand wollte die ganze Arbeit wiederholen, außerdem durften sie kein Gas mehr verbrauchen; die Rechnung war bereits bezahlt. Sonst hatten sie den Umzug gut organisiert – es war auch nicht viel – man hat nicht viel Zeug, wenn man nur ein Zimmer bewohnt. Sie hatte gekündigt und wollte alles hinter sich lassen und vergessen können, das Zimmer, die Stadt und die Leute.

Vierhundert Kilometer! – Am anderen Ende der Straße würde sie andere Menschen kennenlernen. Sie hatte schon ein anderes Zimmer dort, in der anderen Stadt, und eine andere Stelle.

Das Schwierigste waren die geliehenen Möbel gewesen, die sie damals gebraucht hatte um das Zimmer bewohnbar zu machen, der Schrank und die Stühle. Karl und ihr Bruder waren fast den ganzen Vormittag damit beschäftigt, den Schrank zurückzubringen, nachdem sie die Stühle einzeln im Auto hingefahren hatten. Der Schrank ging kaum die Treppe hinunter, und sie rissen zwei lange Kratzer in die Tapete, an jeder Ecke des Flurs eine häßliche Schramme, aber es war ohnehin eine scheußliche gelbe Tapete. Mit dem Käfer konnten sie den Schrank dann auch nicht befördern: Karl wollte ihn aufs Dach legen und festbinden, aber sie mußten ihn doch durch die Stadt tragen. Am Nachmittag sah sie dann ihren Kram durch, die Schubladen waren einfach umgekippt worden, Kleider, Bücher, alles Papier, Kerzen, Bilder und Platten und alles, was sie mitnehmen wollte, wurde in Koffer gefüllt, der Rest in Plastiktüten. Dann trugen sie alles runter und sie staunten, als sie merkten, daß genug Platz war im Auto. Um sechs waren sie fertig, ihr Bruder hatte keine Zeit mehr, und sie ging nur mit Karl ein Bier trinken.

Sie unterhielten sich über München und über Frankfurt und über alle anderen Städte, die ihnen einfielen und die sie kannten. Sie versuchte, Karl zu erklären, warum sie wegziehen wollte, warum sie diese dreckige Stadt nicht mehr sehen mochte, warum sie nicht bleiben konnte. Und er sagte ihr, daß andere Städte vielleicht nicht anders seien, daß sie nur einfach weglaufe, daß sie vielleicht am Anfang ziemlich einsam sein würde, wenigstens am Anfang, und dann sollte sie ihm schreiben. Und er sagte immer wieder, daß es wohl nicht an den Städten liege; später sagte er ihr noch, daß er sich gerne öfter mit ihr unterhalten hätte, aber sie hätten sich nicht richtig kennengelernt, sie hätten sich nur gesehen, aber heute, durch den Umzug, hätten sie erst richtig miteinander gesprochen.

Deshalb schrieb sie ihm jetzt, und weil alles so gekommen war. Weil das mit der Stadt und was sie gesagt hatte nicht wichtig war. Weil es stimmte, was er gesagt hatte, daß sie weglaufe, daß es nicht an der Stadt liegen könne.

Deshalb schrieb sie ihm jetzt ... Keiner von uns beiden hat das vorher gewußt und es war gar nichts geplant. Daß ich kein Bett hatte für diese eine Nacht, das ist richtig, weil ich zum Dreißigsten gekündigt habe, zum Ersten gemietet.

Aber ich hätte auch gleich fahren können. Aber diese Feier und alles – das war von dir. Und dann hat keiner von uns mehr daran gedacht, daß es das letzte Mal sein würde. Wir hätten vieles bedenken sollen, und weil wirs nicht getan haben, darum wäre es besser nicht gewesen, Karl ... Keine Gefühle, falsche nicht und auch sonst keine. Alles vergessen. Aber jetzt ist alles verkehrt: hätte ich dableiben sollen. Dann wäre kein Umzug gewesen und ich hätte keinen Grund gehabt, bleiben zu wollen ...

Es ist kurz vor München und ich habe vier Stunden an das gedacht, was wir aus unseren schönen bunten Theorien von Freiheit und Leben, vom Vergessen, vom Befreien, vom Reden gemacht haben. Es schien alles so einfach: einfach handeln, einfach zusammenkommen, einfach trennen, einfach wegfahren. Nichts ist einfach. Eigentlich kenne ich kein Ergebnis und weiß noch nicht, was ich schreiben könnte, jetzt ...

Sie riß auch das zweite Blatt langsam vom Block und legte es weit weg an die andere Tischkante, mit dem Rücken nach oben. Es mußte ein Brief werden, der ihm das sagte, was er noch nicht wissen konnte, was sie selbst noch nicht wußte; ein Brief, der ihn festhielt, der ihm vielleicht sogar zeigte, daß es doch nicht schlecht war, daß sie es wieder tun würde und bereit war, noch einmal von vorne zu beginnen, sei es auch nur um ihrer neuen Gedanken willen. Warum überhaupt Aufhebens, Alltägliches durch Wiederholung zu Besonderem machen. Sie goß lauwarmen Kaffee aus der Kanne nach und malte kleine strichelige Bildchen aufs Papier.

Draußen war jetzt mehr Verkehr, ein neuer Gast war gekommen und frühstückte schräg hinter ihr, der dickliche Wirt spülte wieder einige Gläser und sie dachte an den

Brief, den sie schreiben mußte. Jetzt mußte sie ihn schreiben, denn wenn sie erst in München wäre, würde sie keine Worte mehr finden. Wie einfach es gewesen wäre, wenn sie nur gestern ein wenig gleichgültiger hätte sein können, wenn sie wenigstens jetzt eine Art geruhsamer Gleichgültigkeit fühlen würde.

Karl hatte es eine Party genannt, als er sie eingeladen hatte. Es war ein großes Gegenübersitzen, Gerede mit Musik, mit Käsegebäck aus der Tüte und einem Rest Whisky, mit Rotwein und Bier. Irgendwann hatten die meisten zu viel getrunken und man konnte sich ein bißchen besser unterhalten, flüssiger, lockerer. Dann wurde es laut und es gab große politische Diskussionen – wie immer. Einige lagen herum und redeten mit sich selbst. Es war langweilig, aber keiner hatte bemerkt, wie die Langeweile hereingeschlichen kam, keiner spürte sie.

Sie hatte Kopfschmerzen und als Karl sie küßte, schwindelte ihr in großen schwarzen und dunkelblauen und roten Kreisen, und sie glaubte zu schweben. Sie saß den ganzen Abend in einer Ecke und preßte die Fingerspitzen gegen die Schläfen, versuchte mit diesem gleichmäßigen Druck die Schmerzen zu vertreiben, und spürte nur immer wieder, daß sich das Blut in den Adern nicht beruhigt hatte. Plötzlich waren alle gegangen und sie hörte Karl in der Wohnung hantieren. Er schüttete abgestandenes Bier in den Ausguß, stellte Gläser und Flaschen in die Spüle, kehrte auf, sortierte Platten und schwieg.

Es war unvermeidlich. Er hatte Kaffee gemacht und nach einer langen breiten Stille fing er an, leise zu sprechen. Zuerst hallten seine Worte, seine Stimme in ihrem Kopf – dann konnte sie mit ihm reden, konnte ihm antworten und

Fragen stellen, und eine angenehme Ruhe in sich fühlen. Sie kannte dieses Gefühl, sie wußte, was kommen würde, sie wußte nicht, ob sie es wollte. Lange Zeit küßten sie sich und dann erkannte sie ihn: Karl, wie am Morgen, wie gestern morgen, wie es wohl immer gewesen war; und doch anders, vertrauter und deutlicher. Es war unvermeidlich, und sie wußte jetzt, daß es so sein mußte, für eine Nacht.

Hinter ihr, vierhundert Kilometer, eine Vergangenheit aus Steinen wie die Zukunft, Büros und Banken, eine schmutzige, zu groß geratene Stadt und ein langes Stück Straße. Der Wirt räumte Teller und Tasse und alles vom Tisch, wartete. Sie hatte noch wenige Minuten, bis sie weiter mußte. Und es erschien ihr wie die letzte Möglichkeit, und sie fand keine Worte für ihren Brief, keine Erklärungen, Karl.

Wer die Rettung sieht

Ob sie geschrien hat, blieb unklar. Wenigstens war es nicht einer von den Schreien, die man nicht vergessen kann oder auch nur nicht überhören, die einleiten oder abschließen, die wie Ausrufungszeichen in der Luft stehen bleiben, warten und nachher noch flimmern, und nichts sagen, nichts weiter, als: hier hat jemand geschrien: etwas ist passiert, wenn auch nicht mehr als ein Schrei.

Aber sie waren doch aufmerksam geworden; was Schreie erreichen wollen: Aufmerksamkeit. Hör mal, da schreit jemand, hast du nicht gehört, hör doch, mach die Tür auf, was ist los, oder: nur nicht die Tür aufmachen, jetzt nur nicht ablenken lassen. Ob sie geschrien hatte, konnte nachher niemand sagen, aber sie waren doch zusammengezuckt, hatten sich doch ablenken lassen, waren doch auf sie aufmerksam geworden.

Es wäre gut für sie gewesen, wenn sie sich an einen solchen Schrei hätten erinnern können – es wäre etwas zum Festhalten gewesen, zum Darüber-Reden. Ja, so fing es an, hätten sie sagen können. Ein Schrei wäre gut gewesen, ein deutlicher Schrei, ein kleines Entsetzen zur Einleitung, es wäre nichts mehr unvermittelt gekommen, man hätte etwas an den Anfang stellen können, ein Schauern im Rückgrat, eine kurze fröstelnde Erfahrung, wie eine Ahnung: sie hätten gesagt, mit diesem Schrei habe alles angefangen. Ein Schrei wäre ein guter Anfang gewesen für eine abgeschlossene Geschichte, die sie nachher hätten erzählen und dann besser vergessen können. Warum hatte sie nicht geschrien, sie hätte schreien sollen.

Sie waren irgendwie aufmerksam geworden und sahen

nun beide zu gleicher Zeit zu Marion. Durch die schmutzigen Scheiben konnten sie sie nur undeutlich erkennen, wie sie sich über die Brüstung beugte, vornüberhing und eigenartig mit den Armen in der Luft fuchtelte. Der Balkon war nicht beleuchtet, und nur der überhängende Teil ihres Körpers zeichnete sich etwas schärfer gegen das Licht ab, das von unten heraufkam, oder gegen das Mondlicht. Die Arme bewegten sich schnell, faßten immer wieder ruckartig zum Geländer zurück und hielten sich kurz, brachten sie wieder ins Gleichgewicht. Sie hatte sich gefährlich weit vorgebeugt.

Es war ganz still im Zimmer. Thomas hatte mitten im Satz aufgehört zu reden, der Stummel hing noch zwischen ihnen, und sie warteten auf ein kleines Geräusch: jetzt räusperte sich Thomas in die hohle Hand und beide sahen nach draußen.

Es regnete nicht mehr und selbst im Zimmer war durch die halbgeöffnete Balkontür genügend von der feuchten, kalten Luft der Nacht, daß sie diese kleine Veränderung spüren konnten. Sie atmeten den Geruch der nassen Straßen, den sie vorher nicht bemerkt hatten, sie hörten jetzt auch die Schritte, das Tappen zwischen den Hauswänden.

Sie konnten Marion auf dem Balkon jetzt deutlich gegen den Himmel sehen, an dem einige zerfetzte Wolken sich um den Mond gesammelt hatten. Ein fahles und kaltes Licht breitete sich langsam aus und vertrieb die Erinnerung an den Regen. Es war beinahe Vollmond, nur an einer Seite fehlte der weißlichen Scheibe noch ein schmales Stück, dort wirkte sie zerdrückt wie von einem harten Aufprall.

Thomas hatte einen Schrei gehört – oder nicht? Er war zusammengefahren, hatte sich unterbrochen, sich dann nach vorn gebeugt und den Plattenspieler abgestellt. Sie horchten. Sie sahen nach draußen. Sie rochen die gewaschene Luft, sahen das Mondlicht und den Mond mit den letzten Wolken.

Marion stand am Balkonrand, sie bewegte sich nicht mehr. Sie hatte sich an das Gitter gepreßt, ihre Hände klammerten sich in die Eisenstangen, und sie starrte hinüber, über die Straße, starrte den fünfstöckigen Rohbau an, der dort als schwarzer Kasten zu erkennen war.

Thomas rief nach ihr, was war los, hast du geschrien, was ist passiert. Thomas stand auf und ging auf die Balkontür zu, sie solle sich nicht so weit überlehnen, sagte er, und was denn los sei. Sie antwortete nicht, drehte sich einmal kurz um und deutete dann hinüber zu dem schwarzen Klotz. Er konnte nichts sehen. Er ging zu ihr, stellte sich neben sie, angestrengt sah er hinüber, kniff die Augen zusammen und versuchte, irgend etwas Besonderes in der dunklen Masse zu erkennen – nichts. Er sah sie an: wo denn, fragte er. Sie deutete wieder, ihr Mund stand halb offen, sie sah erschrocken aus.

Und dann konnte auch er es sehen: dort drüben auf dem flachen Dach konnte er einen hellen Fleck sich bewegen sehen. Es war ein vom Mondlicht beschienener Fleck, einer, der höher lag als die Schatten der Häuser reichten. Er bewegte sich am Rand des Daches entlang. Und dann konnten sie ihn deutlich erkennen: ihre Augen hatten sich an die Dunkelheit um diesen Fleck gewöhnt, sie hatten ihn so lange beobachtet, daß sich nun ein Bild zusammensetzen ließ, daß er ihnen jetzt sehr dicht und klar gegenüberstand. Ein heller, ein beiger Mantel bewegte sich gebückt über das flache Dach des Hauses dort drüben. Dieser Mann hatte einen Mantel an, der im Mondlicht deutlich zu erkennen war, er mußte das doch wissen, mußte doch wissen, daß sie ihn sehen konnten, wie er sich vorbeugte und hinuntersah auf die Straße, wie er zögerte, wie er nach den kleinen Schatten sah, die sich unten bewegten, die von den Straßenlaternen aufgesogen wurden und wieder ausgespuckt auf die nasse, dampfende Straße. Er ging weiter zum Rand des Daches hin zur Querseite des Hauses, setzte dabei langsam einen Fuß vor den anderen, als überlege er sich jeden Schritt.

Thomas war am Geländer stehengeblieben, sie standen jetzt dort wie aus einer Serienproduktion, gleich stumm, gleich starr, und sahen hinüber. Dann wandte sich Thomas plötzlich um – ich weiß was der will, sagte er, Bertold, Marion, schnell.

Alles ging sehr schnell. Irgendwie wußten sie alle, was dieser beige Mantel dort drüben auf dem Dach wollte. Es war ihnen eingefallen – es lief ihnen wie heißes Wasser an den Schläfen entlang und schlug ihnen in den Kehlkopf. Es ging alles sehr schnell, als sie es wußten, sie mußten sich nicht erst umständlich besprechen. Sie sammelten Zehner aus den Geldbörsen; braucht man dazu etwa auch noch Geld, fragte Bertold – er rannte ein Stockwerk hinauf und klingelte, pochte an alle Türen, fragte nach einem Telefon – Marion war auf der Straße. Die Telefonzelle war hundert Meter entfernt, Notruf, schnell. Sie verloren ihr Entsetzen im Laufen. Sie wußten nicht ob falsch oder richtig, oder was sie taten, aber sie mußten tun, irgendwas, unmöglich konnten sie weiter dort oben auf dem Balkon stehenbleiben und zusehen oder die Tür wieder hinter sich schließen. Sie wußten nicht, wie alles gekommen war, hatten schon beinahe vergessen, warum sie liefen, nur stehenbleiben konnten sie nicht, sie rannten zum Telefon und zurück, sie trafen sich in der Wohnung, im Treppenhaus, nicht auf den Aufzug warten, laufen, laufen. Notruf. Marion war es schwarz vor den Augen. Thomas sagte, ob es wohl richtig war, vielleicht hätten sie selbst, oder.

Keiner konnte ihm antworten, keine Fragen jetzt, nicht jetzt bitte. Was passiert, passiert etwas – wann endlich? Marion, hast du geschrien vorhin.

Sirenen. Das rhythmische Heulen, endlich, weit, viel zu weit, viel zu träge, langsam. Warum fahren die nicht? Verschiedene Töne, zwei Sirenen, drei, verschiedene Richtungen. Ist er noch da? Ja. Er stand ganz ruhig, ganz dicht am Rand des Daches, von unten konnte man ihn sicher nicht sehen, manchmal vielleicht, wenn er schwankte, vor und zurück, über die Kante des Daches hinaus. Endlos. Aber er ist noch da, dachten sie, er wartet, er hört das Heulen und wartet. Er sieht uns nicht, hört nur das Heulen und denkt vielleicht, es gehe vorüber, es gelte nicht ihm. Aber vielleicht sieht er uns doch, hat er uns schon gesehen.

Wenn die Sirenen näher kommen, ihr Heulen durch die Stadt, die plötzlich stiller scheint, nicht immer. Sie heulen nur, wenn sie müssen, nur manchmal heulen sie, sagte Bertold, an Kreuzungen und wenn jemand im Weg ist oder so. Wenn sie kommen – es muß einer runter. Sie konnten ja nichts sehen von unten, einer mußte runter und ihnen sagen. Bertold ging selbst, beeil dich, sagte Marion. Er rannte hinunter, sie konnten gleich da sein, der Aufzug kam nicht, er klirrte und rasselte im Schacht, man konnte es durch die Stahltür hören, aber er kam nicht. Also laufen. Er lief.

Die nasse Straße, ein paar Leute gingen vorbei, aber langsam, gemächlich. Sie wissen nichts, dachte Bertold, er ging hin und her, auf und ab, unmöglich, jetzt stehen zu bleiben. Oben nickten sie über den Balkon. Alles in Ordnung. Gleich würden die Leute stehen bleiben, dachte er, würden die Hälse verdrehen, die Köpfe hintenüberhängen lassen, nach oben starren, wo sie nichts sehen konnten. Balkone würden sich füllen, Türen würden klappen, Schreie vielleicht, kleine unterdrückte Schreie hinter vorgehaltener Hand. Viele Augen würden auf das Blut warten, das Blut auf der nassen Straße, schwarz wie der Asfalt. Ein schneller Blick zum Balkon: sie nickten, er war noch da, wartete auf dem Dach. Jetzt kamen sie, der letzte warnende Ton war langgezogen, ganz nah. Ein Auto fuhr vorbei, nein, das nicht, es fuhr vorbei, nur ein Taxi.

Dann kamen sie, blaues Licht schoß um die Ecke aus der Seitenstraße heraus, kreiste über den Hauswänden, flackerte und hielt vor dem Rohbau. Bertold rannte hinüber, sprach mit einer Uniform, deutete auf den Balkon, auf Marion und Thomas, die hoben die Hand, winkten leicht und zeigten mit ausgestreckten Armen in die Luft vor dem Balkon. Dann rannten sie über die Straße, einer aus dem Auto und Bertold. Einer blieb zurück unter dem zuckenden blauen Licht. Der Aufzug war da. Sechsten Stock drücken, die Tür schloß sich knirschend, die Wohnung stand offen. Einer mit Uniform und Sprechfunk auf den Balkon, ja, sagte er, tatsächlich, gut, daß sie angerufen hätten, sagte er. Sie waren erleichtert – na bitte, es war doch richtig, sie hätten da gar nichts machen können, das war für Polizei und Feuerwehr und für Psychologen.

Jetzt kamen schwere Wagen, die Sirenen dröhnten, das blaue Licht färbte die Gesichter bis hinauf in das Zimmer. Männer sprangen aus den Wagen, viele Männer. Ich hätte nicht auf die gewartet, sagte Thomas, ich hätte mehr Angst vor denen als vorm Springen. Eine lange Leiter surrte, Sprungtuch, Sprungtuch, einer mit einem Megaphon, gehen Sie doch weiter, räumen Sie die Straße bitte. Der Sprechfunk auf dem Balkon knackte unentwegt, etwas nach rechts mit der Leiter, hat dieses Haus denn keinen Eingang, haben die keine Treppen da, wie ist der denn da hingekommen, da oben hin, ein Verrückter, wohl lebensmüde, sich auf so nen schmalen Sims zu stellen. Frau Doktor, sagte der Sprechfunk, suchen Sie doch mal die Treppe, von hier unten können wir nichts machen, Fluchen, Knakken.

Noch ein Wagen, die Straße wurde gesperrt, gehen Sie jetzt zurück, sagte das Megaphon, hier spricht die Polizei, Absperrungen, Balken, gehen Sie nach Hause, es gibt hier nichts zu sehen, zum letzten Mal, sagte das Megaphon, zum letzten Mal, zwingen Sie uns nicht, Gummiknüppel wurden losgeschnallt, Vorsicht jetzt, in Ihrem Interesse, letzte Warnung, Geschrei – alles Routine, sagte der auf dem Balkon. Zwei Leitern jetzt, zwei Seiten, vorsichtig näher fahren, Frau Doktor, sagte der Sprechfunk, gehen Sie über die Leiter, dann kommen Sic besser ran.

Die Straße war voll, Autos rechts und links von den Absperrungen, Hälse reckten sich, auf Zehenspitzen standen sie. Kinder wurden auf Schultern gehoben. Fensterrahmen waren mit Köpfen gefüllt, Balkongeländer verstellt, Lachen und Geflüster, nimm das Glas ruhig mit hinaus, stell mal den Fernseher ab.

Dann ein Schrei, diesmal hatte jemand geschrien – Stille. Unten standen Menschen im Kreis, neben dem Sprungtuch, genau neben dem Sprungtuch, das auf der Erde lag, ohne die Männer, die es gespannt hatten. Der Krankenwagen rollte langsam heran. Die Leitern schoben sich zurück.

Guten Abend, sagte es an der Tür, nein, nein, jetzt keine Fragen, jetzt nicht, gehen Sie.

Sie waren wieder zu dritt, die Balkontür geschlossen, dumpfes Gemurmel drang noch durchs Fenster, das Geräusch startender Motoren. Er würde gern den Vorhang zuziehen, dachte Thomas, immer noch unentwegt das kreisende blaue Licht. Sie konnten es drüben an der Hauswand sehen, bald war alles vorbei – oder. Sie rauchten. Marion zitterte, Bertold mußte sich festhalten. Sie waren kalt.

Katzengespräche

Der Telefonhörer war naß und glitschig. Unter dem Handtuch, daß er sich um den Kopf gewickelt hatte, tropfte das Wasser von seinen Haaren. Er hatte sich gerade abtrocknen wollen, als es klingelte. Sein Telefon klingelte nicht einfach, es rasselte, ein blecherner Ton. Darum war er gleich gerannt, naß und mit dem grünen Handtuch um den Kopf. Jetzt stand er frierend, hörte, wie im Bad die Dusche rauschte und starrte verwirrt unter sich zu seinen Füßen, wo sich schon eine dunkle feuchte Lache, ein Fleck gebildet hatte, der nur langsam vom Teppich aufgesogen wurde. Im Hörer raschelte es und kratzte, er rief hinein, nannte zweidreimal seinen Namen und sagte bitte, ja bitte, schließlich hörte er eine undeutliche Stimme.

Warum sie anrief, sagte sie nicht, nur daß sie eine Katze habe, eine kleine graue und fein getigerte Katze, endlich. Sechs Wochen alt, sagte sie, und eigentlich hätte sie ja eine kleine schwarze haben wollen, mit weißen Pfoten und weißer Schwanzspitze, oder so. Natürlich, sagte er, daran könne er sich gut erinnern, und, Guten Tag, sagte er, und wie es ihr gehe, und, daß es schon lange her sei. Sie hatte sich immer eine Katze gewünscht, eine schwarze eben mit weißen Pfoten, oder überhaupt eine Katze, schon als Kind. Aber zuhause bei ihren Eltern war das unmöglich, später dann in der ersten Wohnung waren keine Tiere erlaubt gewesen. Jetzt war sie dort ausgezogen; eine neue Wohnung, allein, mit Bücherregal und Küche und allem, selbstgemacht, und Katze. Nicht groß, im fünften Stock und mit Balkon zur Straße. Aber jedenfalls solle er kommen und sich das ansehen, die Katze solle er sehen, er müsse, sagte sie. Sie habe Rotwein und Weißbrot und Käse und Spaghetti, sie könnten etwas Italienisches kochen, wie früher.

Das letzte Mal, als er sie gesehen hatte, waren ihre Haare kurz geschnitten gewesen, sie hatte sich die Haare abgeschnitten. Er hatte sie erst nicht erkannt, aber sie war auf ihn zu gekommen, jemand, den man kennen muß. Sie hatte eine neue Brille gehabt, eine kleine runde Brille mit dünnen Rändern, wie die, an denen man in Spielfilmen die Intellektuellen erkennt. Durch die Brille war ihr Aussehen vollkommen verändert gewesen, und sie hatte sich die Haare selbst abgeschnitten und gesagt, daß es scheußlich aussehe, und er hatte gesagt, daß es nicht scheußlich aussehe. Wenn es auch nicht den üblichen Vorstellungen entspreche, er hatte es gut gefunden, nicht scheußlich.

Das letzte Mal hatte er sie vor drei Monaten getroffen, oder vier, auf der Straße. Jetzt rief sie an und erzählte, und er murmelte unsicher ins Telefon, daß es ihn freue und was ihm noch einfiel. Er rutschte seinen Blick an den Wänden entlang, drehte sich, während er zum Telefon nickte, den Hörer annuschelte, und betrachtete die Tür. Er hörte noch immer die Dusche rauschen. Er sei verblüfft, erstaunt, daß sie sich bei ihm melde, und er werde gerne kommen. Nur, er habe wenig Zeit und sie müßten mal sehen wann. Er kramte in der Tasche und in den Papieren, die um das Telefon lagen, konnte aber seinen Kalender nicht finden. Aber am Samstag werde es schon gehen, sicher. Oder heute?

Und wo sie denn die Katze her habe auf einmal. Was sie denn jetzt mache, ob sie arbeite. Aber das könne man alles immer noch, dazu sei dann sicher mehr Zeit.

Reden, dachte er, früher hatten sie viel miteinander gesprochen, waren sich vertraut gewesen in ihren Gesten, konnten die Angst und das Lächeln des Anderen sehen und deuten, hatten das Sehenlassen geübt und ein bißchen davon gelernt. Oder nicht? Hatten dem Anderen irgend etwas gezeigt, wie man ein Bild zeigt, das man nicht gemacht hat, vielleicht eine Katze. Er trat langsam von einem Bein auf das andere, klemmte den Telefonhörer mit der Schulter gegen das Ohr und versuchte, ihn so zu halten. Er rückte an seinem feuchten Handtuch und lachte ein bißchen. Ja, ja, Samstag dann.

Einen schönen Gruß an die Katze und wenn du Zeit hast, dann such ihr einen schönen Namen, meinen vielleicht, er lachte, aber sein Name gefiel ihm wirklich. Was ich jetzt mache – weiß ich nicht: zuerst, sagte er, müsse er wohl das Wasser im Bad abdrehen, das rausche sonst zu sehr und koste außerdem Geld. Dann habe er Zeit. Na, gut, also doch heute, sie könne vorbeikommen, und er habe auch noch etwas zu trinken. Also bis gleich.

Irgendwie hatte er sie sich wieder mit langen Haaren und ohne diese Brille gedacht und war zum zweiten Mal überrascht, als sie vor der Tür stand. Sie paßte nicht zu dem Bild, das er mühevoll rekonstruiert hatte, und in den ersten Augenblicken glaubte er, sie werde erst noch kommen und er rede mit einer entfernten Bekannten. Er hantierte mit Gläsern und sammelte Reste aus den angebrochenen Flaschen und fragte sie, wo sie denn ihre Katze gelassen habe. Er könne sich doch denken, daß man kleine Katzen nicht so einfach mit sich herumschleppen darf. Die blieben in der Wohnung und schliefen und so. Er wußte das aber nicht so recht, hatte sich nie für Katzen interessiert und außerdem freute es sie, gefragt zu werden.

Er fühlte sich unbehaglich und zupfte an seinen Haaren, die immer noch feucht waren, suchte in den Hosentaschen nach dem Feuerzeug und steckte sich schließlich eine Zigarette an. Er stand auf und suchte in seinen Platten herum, fragte sie, was sie gerne hören würde, was sie nicht wußte, weil sie nicht mehr wußte, was er für Platten hatte. Er legte irgend etwas auf und ließ die Musik leise für sich selbst dudeln.

Sie hatte sich auf die Couch gesetzt und blätterte in einem Buch, das dort gelegen hatte und fragte dann, was er gerade mache. Ja, das, sagte er, sie habe es in der Hand, Sozialpsychologie und Entwicklungspsychologie, Einführungen, und er holte ein paar Bücher vom Schreibtisch und stapelte sie vor ihr auf. Und ein bißchen Englische Geschichte nebenbei, sagte er, und zeigte, alles was man so machen müsse, wenn man Lehrer werden wolle, und außerdem sei es auch interessant. Findest du, sagte sie. Sie suchte in den Inhaltsverzeichnissen der Bücher und redete von der Schule und daß sie nicht verstehen könne, daß er unbedingt wieder dahin zurückwolle, daß er das interessant fände. Er begann, ihr die Verhältnisse zu erklären, die an der Uni herrschten, daß man was machen müsse, und daß er einmal geglaubt habe, in der Schule wäre es möglich, die Schüler davor zu bewahren, daß sie immer mehr zu sprachlosen Gerippen würden, und die Studenten auch … Natürlich, sagte sie, und hörte nicht zu.

Sie zündete sich eine Zigarette an und nippte an ihrem Glas, sie lehnte sich zurück, legte die Bücher zur Seite und sah sich das Zimmer an.

Als sie noch ihre langen Haare hatte und keine solche Brille und keine Katze, eine andere Wohnung und kein Telefon, dachte er, hatte sie oft mit ihm geredet, während sie in diesem Sessel saß, der jetzt leerstand und zur Decke starrte. Anfangs fiel es ihr immer schwer, die Leute, mit denen sie redete, anzusehen, jetzt sah sie sich das Zimmer an, das sie noch kannte und sagte nichts.

Als sie noch ihre langen Haare hatte, war sie oft hier gewesen, und auch damals redete sie nicht immer, ließ sich fragen. Damals konnte er fragen. Sie hatte feste und weiche Haare damals und es war gut, mit ihnen zu spielen, sie um die Finger zu wickeln und daran zu riechen und machmal war es gut, zu wissen, daß man nur sagen mußte, was gesagt werden mußte. Daß man sich anfassen konnte oder nicht, daß man reden konnte oder nicht. Jetzt mußte geredet werden. Gerede, dachte er.

Er schenkte sich ein und trank langsam und in kleinen Schlucken, beugte sich über das Glas, das er mit beiden Händen hielt, die Zigarette zwischen den Fingern. Er beobachtete, wie die gelbliche Flüssigkeit an den Rändern des Glases entlangschwappte und fragte dann plötzlich, wieso sie ihn angerufen habe, wieso sie hierhergekommen sei und so weiter. Vielleicht war das keine gute Frage, dachte er dann. Ich weiß nicht, sagte sie. Ich weiß nicht, aber ich hatte Lust, dich wieder einmal zu sehen und mit dir zu sprechen. Ich hatte auch Lust, das alte Zimmer wiederzusehen und dich, wie du hier sitzt, wie ich mir vorgestellt habe, daß du hier sitzen müßtest. Aber es ist nicht ganz so, du hast dich verändert, sagte sie.

Nicht nur ich, sagte er, – du hast dir die Haare abgeschnitten und hast eine Katze. Wozu überhaupt, was sie mit der Katze wolle, fragte er, wohl könne er sich erinnern, daß sie sich immer eine Katze gewünscht habe, aber er habe sich das nie vorstellen können. Er könne sich nicht denken, wozu sie eine brauche. Zum Spielen, sagte sie, und weil sie manchmal jemanden brauche, dem man irgendwas einfach erzählen könne, ohne Angst vor Fragen, zum Zuhören.

Mit Katzen könne man reden, Katzen müßten zuhören. Katzen sind grau, sagte er. Menschen etwa nicht. Menschen antworten. Nein, sagte sie, wer nicht zuhört, kann nicht antworten, reden tun sie, reden natürlich.

Als sie noch öfter hierherkam, als wir noch irgendwie zusammen waren, dachte er, konnte ich besser zuhören, glaube ich. Zum Zuhören brauchten wir Zeit, wir hatten Zeit. Jetzt hat sie eine Wohnung mit Katze, die ihre Zeit braucht und Arbeit, die Zeit braucht.

Damals, sagte er, haben wir uns gekannt, heute haben wir uns verändert.

Sie war aufgestanden und hatte ihre Tasche genommen; sie müsse jetzt gehen, sagte sie, morgen früh früh raus und und. Im Stehen trank sie ihr Glas aus und ging langsam zur Tür: sie drehte sich noch einmal um und wartete etwas. Sie schob sich am Kleiderständer vorbei ...

Bis Samstag, sagte er vorsichtig. Sie lächelte und nickte. Und grüß deine Katze von mir, bis Samstag ...

Ein letzter Versuch

Sieh mal, sagte sie, und sah von unten her, sah ihn an, als wolle sie nachsehen, bis wohin der Bart reichte unter dem Kinn. Er rückte die Zeitung auf seinem Schoß, Stadtanzeiger, lehnte sich noch weiter zurück, schlug die Beine übereinander vor dem kleinen weißen Tisch und sah sie mit gelangweilter Ruhe an. Was wollte sie schon wieder, er wußte nicht, was es da zu sehen gab unter seinem Kinn, es war ihm unbehaglich, wie sie da von unten herauf schielte, die Arme auf die Knie gestützt, immer mußte sie nachdenklich und betrübt aussehen, das gehörte zu ihrem Image. Er griff sich langsam mit der rechten Hand in den Bart und schob ihn zurecht, prüfte die kurzen krausen Haare um seinen Mund, alles in Ordnung. Er fuhr mit der Zunge über die Oberlippe, was wollte sie nur. Wieder die Zeitung; er faltete sie aus über seinem Knie, knickte sie zurecht und plazierte sie mit einem geübten leichten Schwung auf dem Oberschenkel; er las einige Überschriften, Todesanzeigen, Berichte, vollkommen uninteressant, er lenkte sich ab.

Sieh mal, sagte sie wieder, und: Georg, sieh doch mal, ich bekomme ihn nicht mehr ab. Sie hatte sich vorgebeugt über den Tisch und streckte ihm ihre Hand entgegen. Sie drehte an dem Ring. Sie schob ihn hin und her an ihrem Finger, dem vorletzten, und ein kleiner Wulst lockerer Haut bildete sich vor dem Gelenk und hielt den Ring. Sie beugte sich über die Hand, hielt sie weit gespreizt, als gehöre sie nicht zu ihrem Körper, und drehte angestrengt, bis sich die Stelle vor der leichten Verdickung des Fingers rötete. Der weite Ärmel ihrer Bluse hing in die Butter. Georg sagte nichts, er betrachtete ihre Hände und raschelte mit der Zeitung. Es tut richtig weh, wenn ich ihn abnehmen will, sagte sie, er ist wie angewachsen. Sie hatte schöne Finger; einer davon war unterbrochen vom feinen Gold; es gehörte dazu, aber jetzt unvernünftig und störend, da sie versuchte es abzustreifen über die rötliche Haut. Er konnte sich erinnern, wie sie damals ihre Ringe gekauft hatten, Britt hatte geweint, sie war vollkommen aufgelöst damals. Sie waren in eines dieser verspiegelten Geschäfte gegangen in der Stadt und hatten vor samtbelegten Kästen gesessen, probiert, geprüft, schließlich schmale schlichte Ringe genommen. Er hatte die Wahl getroffen, Britt nur genickt, einfach und teuer. Er hatte bezahlt und Britt hatte leise geweint. Jetzt starrte sie auf ihren Ring, stelzte die Hand über den Tisch und drehte daran herum, er saß wirklich fest. Georg sagte etwas wie: Na und, da kann man nichts machen, brummte es in die Zeitung und suchte weiter nach ablenkenden Überschriften. Die Stadt baut ein neues Krematorium, Fußball, Regionalberichte, Kommentar. Auch nicht anders als die Ehemänner, dachte er, aber Vertreter müssen Zeitung lesen, so oder so, auch im Urlaub, Beruf ist Beruf. Du hättest ja nicht heiraten müssen, ein Kind ist noch kein Grund. Er wiederholte sich, hatte das schon damals gesagt; er war es auch gewesen, der für die Abtreibung war, aber sie wollte es lieber so, sie konnte einfach nicht anders, hatte sie gesagt. Na bitte, dann eben nicht: er versuchte zum dritten Mal, einen Artikel fertig zu lesen, wollte nicht schon wieder darüber reden müssen.

Warum es ausgerechnet Bamberg sein mußte, konnte sie nicht verstehen. Immer waren es Städte, die er schon kannte, in denen er sich sicher fühlte wie in einem Reiseführer, sie aber fremd blieb durch seine Geborgenheit. Er kannte, erinnerte sich und erklärte. Der Dom, der Reiter, natürlich schon gehört, die alte Hofhaltung diente einst Bischöfen und Kaisern als Pfalz: hier sehen Sie die spätgotischen Fachwerkbauten in einzigartiger Prägung, den weitläufigen Hof, beachten Sie die Aufgänge. Er konnte beschreiben und auswählen, kannte die Hotels, wußte wo die besten Zimmer waren, was man von der Steuer absetzen konnte. Er schwelgte in den städtischen Neuigkeiten, grüßte Kellner und Kunden, zeigte sie vor, Darf ich bekanntmachen. Drei Tage Bamberg, dachte sie, Stadtrundfahrten, Sehenswürdigkeiten, Karl-May-Museum. Er würde lange Vorträge halten über Renaissance und Gotik, ihr etwas zu zeigen haben. Er versteckt sich hinter seiner Bildung, dachte sie. Er würde den Sinn ihres Aufenthalts hier vergessen wollen, würde vergessen, weshalb sie eingewilligt hatte, noch einmal mit ihm wegzufahren; wie jetzt hinter seiner Zeitung: ausweichen und keine Fragen stellen, keine beantworten. Es war schon wie immer. Na und, hatte er gesagt.

Bamberg also. Es war ein kleines Hotel, und es hatte ihr schon gefallen, in dem Gärtchen an diesen runden sauberen Cafétischen zu frühstücken. Natürlich mußte sich Georg zuerst seine Zeitung bringen lassen, seinen Vertreterbart strählen und unbeirrbar die wichtigsten Nachrichten der Stadt lesen. Er würde wissen, wo die interessantesten Filme gezeigt werden, die besten Ausstellungen zu sehen waren. Sie wollte das nicht wissen. Sie hatte sich auf das Frühstück gefreut. Sie hatte sich auf diese Tage gefreut, eine kleine Möglichkeit ohne Trott, hatte sie gedacht. Sie war immer wieder voller Erwartungen; warum nur, wo sie doch alles, wußte, viel zu lange schon vorher wußte.

Die Fahrt hierher, eine Überlandfahrt, sollte gemütlich werden. Er hatte sich enge Sträßchen gewählt, die auf der

Landkarte von einem dünnen grünen Strich begleitet wurden, Naturschutzgebiete, Landschaftsschutzgebiete, alte Städtchen am Main, wo es Fachwerk zu sehen gab, Touristen und Meterbratwurst. Er hatte die Schlager im Radio mitgesummt, mit Nebenbemerkung, Vertreter hören eben viel Autoradio, mitgepfiffen und zeigte sich gutgelaunt, wollte freundlich versuchen, auf sie einzugehen, wie er es nannte, wollte mit seiner gewohnten Lässigkeit alles zum Guten wenden, lösen.

Was machen wir heute, fragte er, und: ich glaube, du hast Butter am Ärmel, da, rechts. Die Zeitung konnte nichts mehr bieten, er faltete sie, legte sie auf einen Stuhl neben sich, schluckte etwas von dem lauwarmen Kaffee und wälzte mühsam den letzten Bissen Marmeladebrötchen im Mund, leckte die Brösel vom Bart. Na, wozu hast du Lust, sagte er munter. Er begann sofort, einen Vorschlag zu entwickeln. Dom, Kaiserpfalz, die nahegelegene Burg, sie könnten ein Stück fahren, ein Stück laufen, Mittagessen im Schlenkerla, sie müsse unbedingt das Rauchbier probieren. Bamberg ohne Rauchbier geht nicht, sagte er. Also das; das alte Restaurant und nachmittags könnten sie vielleicht ein bißchen hinausfahren mit dem Wagen, er kenne ein paar nette Landsträßchen, sie würden eine Decke mitnehmen, irgendein Plätzchen am Waldrand oder so. Sie hatte dem nichts entgegenzusetzen, keine Idee, sie kannte sich nicht aus, hatte nicht sechs Semester Kunstgeschichte. Weißt du was Besseres, fragte er langsam, siehst so unzufrieden aus. Also gut, irgendwas mußten sie tun, in Bamberg eben das. Sie lächelte ihn an, so würden sie es machen, so werde es schon richtig sein. Darauf kommt es auch nicht an,dachte sie.

Er hatte ihren Arm genommen, fuhr mit der linken Hand in großartiger Bewegung vor ihrem Gesicht her und erklärte. Das wichtigste Teilchen siehst du hier, sagte er, Fürstenportal, ein einmaliges Zeugnis mittelalterlicher Baukunst und Plastik, frühes dreizehntes Jahrhundert, du mußt dir die Bischöfe und weltlichen Großherren vorstellen. Sie war etwas außer Atem von dem schnellen Gehen. Der Berg war ihr zu steil gewesen, Georg hatte sie geschoben, er hatte gelacht. Keine Kondition: sie ärgerte sich. Sicher waren diese Fürsten damals fett und unappetittlich. Eine große Tür dann, die Stille der Kirche, sie fröstelte, zeigte sich ergriffen. Sie setzte sich in eine Kirchenbank und wartete, daß Georg herumgehen würde. Frierst du, fragte er; nein, sagte sie, das ist Ehrfurcht: er zuckte die Achseln. Er lief unruhig durch die Säulengänge, sammelte Eindrücke, wie er das nannte, blieb vor dunklen Ölbildern stehen, vor jedem Seitenaltar. Sie fühlte sich schwindelig, brauchte einen Moment Ruhe, sie hatte wirklich keine Kondition, sie verschwand vor seiner Vitalität, er hatte gleich alles erfaßt, wollte weiter. So langsam nämlich, so träge, konnten sie nie sein Pensum schaffen. Er wollte noch zu diesem Hof, Kaiserpfalz oder Bischofshof, hatte er gesagt, gleich nebenan, sagte er, also. Sie schwitzte jetzt unter den Armen, aber der Rest ihres Körpers blieb kalt. Sie war froh, wieder an die Sonne zu kommen. Die Wärme blendete sie nur kurz, dann hängte sie sich an Georg und gab ihm einen ihrer flüchtigen Küsse, mit denen sie ihn immer wieder überraschen und ablenken konnte, nur so, für die Sonne, zu der er nichts konnte. Sie drückte sich an seinen breiten Körper und sie gingen zuerst über den großen gepflasterten Platz, zwängten sich zwischen den parkenden Autos zu dem Eismann durch, der drüben seinen

Karren aufgestellt hatte. Wie in Italien, sagte sie, und rief mit überschnappender Stimme: Gelati, gelati, wie in Italien. Warst du schon mal in Italien, fragte er ungläubig, du hast mir nie davon erzählt. Natürlich, sagte sie schnell, das weißt du doch, sie tat erstaunt. Rom, Venedig und Mailand und alles. Sie zählte schnell ein paar Namen auf, um ihn zu überzeugen. Sie war nicht in Italien gewesen. Dann fragte sie nach den Städten, aus denen die verschiedenen Autonummern kamen, er wußte alles, sie konnte sich hinunterbeugen, es nachprüfen auf den Stempeln. Ein Eis? Nur Vanille und Schokolade, Georg bezahlte, nein nein, sie wollte bezahlen. Also bitte, sagte er, sie bezahlte.

Jetzt sieht sie besser aus, dachte er, vielleicht wird es doch noch was. Sie setzten sich auf die niedrige Mauer vor dem Eingang zur Hofhaltung, vor das Schild, auf dem in grüner Schrift eingeladen wurde zum Besuch des alten, neu hergerichteten Karl-May-Museums. Er nahm sie in den Arm und küßte sie leicht, leckte einen Rest Schokolade von ihren kühlen Lippen, klebrig. Sie lächelte jetzt; zum ersten Mal seit Beginn ihrer Fahrt hierher hatte er das Gefühl, etwas richtig gemacht zu haben. Verrückt, dachte er, und lächelte unsicher. Verrückt, sagte er, wir fahren hierher, rennen durch die Stadt, sehen uns alles an, und es ist wirklich eine schöne Stadt, aber erst muß so ein Eismann kommen und ein paar alte, sehr alte Erinnerungen. Er faßte nach ihrer Hand, hielt ihre kleine zierliche in seiner breiten, viel zu großen, streichelte sie vorsichtig und bewegte dann ihren Ring. Er drehte ihn, wie sie am Morgen gedreht hatte. Wirklich, er saß fest. Ich weiß noch, sagte er, wie ich damals die Ringe ausgesucht habe, wie ich mit deinem Geld bezahlt habe. Du hast geweint damals, sagte er. Wie ich die Ringe ausgesucht habe, weiß ich noch, ich war nicht schlecht aufgeregt und ziemlich sauer. Du warst unfähig, hast du gesagt, zum Suchen, Zahlen, Gute-Miene-Machen. Ich weiß noch, sagte er, wie ich dich danach zu Hause abgeliefert habe, deine Eltern müssen entsetzt gewesen sein. Sie nickte, streckte die Zunge nach dem Eis aus und zog sie langsam wieder ein in den Mund, wie Schlangen, die mit der Zunge riechen. Wieder sah sie nachdenklich aus, aber diesmal schien es ihm gut so. Damals hast du einfach alles geschehen lassen, es passierte mit dir, sagte er, Schade.

Dann der Hof, bucklig gepflastert mit einzelnen schmutzigen Gräsern in den Ritzen zwischen den Steinen, mit altem schwarzem Holz umgeben, wirklich schöne Aufgänge, Fachwerk und nettes Weiß. Sie verschwand in der Toilette, wo sie allein war, und betrachtete sich im Spiegel. Sie fühlte sich leichter, nachdem er so von seinen Erinnerungen geredet hatte; warum tat er das so selten, es könnte ihnen viel helfen, warum wartete sie immer nur, versuchte sich an der Hoffnung zu halten, da wäre Gemeinsames gewesen, müßte noch sein, sie ließ immer nur über sich ergehen, wartete, was mit ihr geschehen würde, ja, da hatte er schon recht. Sie lehnte sich über das Waschbecken, brachte ihr Gesicht dicht vor den Spiegel, damit ist es jetzt zuende, sagte sie laut, und schnitt sich ein paar Grimassen, probierte das düstere von ihren Gesichtern aus. Es konnte doch noch werden, mußte nicht so bleiben wie bisher. Deshalb waren sie ja hierher gefahren, raus aus dem Trott, irgendwie würden sie schon mit sich fertig werden, oder eben nicht, auch das war ihr jetzt möglich. Sie machte einen breiten Mund: Fältchen. Rechts und links von den Mundwinkeln und neben den Augen, darunter Ränder, schöne Fältchen, sehr fein.

Er kam hinterher. Huch, machte sie, ein Mann im Klo.

Dieses mein Herr, sagte sie lachend, ist nicht ein Pissoir, nie gewesen. Gehen Sie oder ich schreie: sie schrie, so spitz sie konnte. Sie lachten, umarmten sich, küßten sich. Erwachsene Menschen, knurrte die Dicke empört, die hinter ihnen gekommen war, schämen Sie sich. Ist das ein Befehl, fragte Georg, nein, aber wir gehen, mit ihnen reden wir gar nicht, außerdem sind wir hier fertig. Sie gingen über den Hof, Britt hüpfte an seiner Seite, sie fühlte sich wohl, das hatten sie schön gemacht, warm war es und die Bäume paßten gut in den Rahmen der alten Häuser.

Zur Burg kamen sie nicht mehr, der Zeitplan war geplatzt. Georg ärgerte sich ein bißchen. Aber Schlenkerla – Mittagessen im Schlenkerla, altehrwürdiges Restaurant, erstes Haus am Platz, ganz urgemütlich. Sie hatte jetzt auch Hunger; diese ewige Lauferei machte sie immer schrecklich hungrig. Ich hab riesigen Hunger, sagte sie. Es sei nicht weit, nur den Berg hinunter, zweihundert Meter oder dreihundert. Es gab eine Treppe und großes Gedränge im Speiseraum, in beiden Speiseräumen. Dann fanden sie doch einen Platz, Speisekarte, Georg empfahl, und natürlich Rauchbier, sagte er. Sie war nicht so sicher, daß ihr das schmecken würde, Whisky schmeckte ihr auch nicht, wenn er zu rauchig war. Aber gut, und zweimal Rauchbier.

Es schmeckte nicht, chemisch, sagte sie, wie E-Sechshundertfünf oder wie das Zeug heißt, willst du mich vergiften. Georg machte ein saures Gesicht, was anderes gibts nicht, sagte er. Sie bestand auf Cola. Nein, sowas hätten sie nicht, sagte der Kellner und blickte sie verächtlich an. Diese Kerle müssen sich immer aufspielen, dachte sie, und Georg machte ihr eine kleine Tischpredigt zurecht mit anschließender Szene. Er verstand sich darauf, machte das mit seiner bekannten Sicherheit. Er könne es nicht ausstehen, in eine fremde Stadt zu fahren und dort nicht zu essen und zu trinken, was typisch für diese Stadt sei, sagte er, wie wolle sie das hier denn sonst kennenlernen. Aber man wolle doch vielleicht gar nichts kennenlernen, sagte sie, außer sich selbst, höchstens. Jetzt geht das schon wieder los. Er wurde schärfer, das gehe ihm auf die Nerven, sagte er; die in Spanien unbedingt ihr Wiener Schnitzel haben müßten und ihr Cola, gern hätte er die.

Dann aßen sie schweigend und Britt trank Sprudel ohne Geschmack. Nach einer Weile, er saß hinter seinem zweiten Bier und zündete Zigaretten an, reichte ihr eine, fragte, ob sie nicht doch noch mal versuchen wolle. Hör doch mal Brigitte, sagte er, das Bier hier schmeckt erst nach dem dritten Schluck, oder nach dem vierten, bestimmt, es steht auf dem Bierdeckel hier, lies doch wenigstens mal.

Sie sah den Bierdeckel, den er ihr hinhielt; da stand es in verschnörkelter Schrift. Blöde Mache, sagte sie, das kotzt mich an. Er fuchtelte mit der Pappe vor ihrem Gesicht, er redete von geräuchertem Bier und wie er einmal einen Rausch gehabt habe davon. Sie sprang auf, sagte Nein, möchte wissen, was du von diesem Mist hast, was bringt es, wenn ich davon trinke, sagte Nein, mit Nachdruck, ließ ihn sitzen, rannte aus dem Haus und durch die engen Straßen bis zum Hotel. Sie ließ sich den zweiten Schlüssel geben und stieg die Treppen hinauf zu ihrem gemeinsamen Zimmer. Sie legte sich aufs Bett und wartete, rauchte ein paar Zigaretten und wartete.

Er kam nicht, diesmal kam er nicht, sicher saß er noch in seinem Schlenkerla und trank sein drittes und viertes Bier und fünftes vielleicht. Sie weinte und riß grausame Grimassen vor dem Spiegel, hielt ihm eine Rede und lief im

Zimmer auf und ab, sowas Blödes, dachte sie: sie war schon oft davongelaufen, immer so, daß man sie finden konnte, trösten, Probleme mit Schmusen beseitigen bis zum nächsten Mai. Sie wußte das.

Um Vier war er immer noch nicht gekommen, aber sie hatte ein bißchen geschlafen. Sie ging hinunter und gab den Schlüssel ab und lief durch die Stadt, zuerst ziellos, dann immer dichter um das Restaurant herum. Schließlich mußte sie sich eingestehen, wo sie hinwollte und ging hinein. Kein Georg mehr, natürlich nicht. Sie war enttäuscht, setzte sich an dem Tisch, an dem sie gesessen hatten, auf seinen Stuhl und bestellte ein Bier. Es schmeckte scheußlich, aber sie trank in kleinen hastigen Schlucken das ganze Glas aus, dann lehnte sie sich zurück, rauchte eine Zigarette und betrachtete den Raum. Sie bestellte noch ein Bier. Es waren kaum noch Gäste da, und die Wände und die Decke waren genauso verräuchert und rußverschmiert, wie das dunkle Bier schmeckte. Als sie ging, um Georg im Hotel zu treffen, vielleicht jetzt, hatte sie einen kleinen Schwips und einen schlechten Geschmack im Mund. Sie brauchte sich nicht den Schlüssel geben zu lassen, Georg hatte seinen mitgenommen, er würde da sein. Sie bereitete sich gut vor und ging dann ziemlich schnell und sicher nach oben. Er saß auf dem Bett und blätterte in einer Illustrierten, er sah kaum auf, sagte nur, daß es ihn freue, sie wieder einmal zu sehen. Nein, sagte er ohne ironischen Unterton, sah sie an und sagte, es freue ihn wirklich, er habe sie erst gesucht, und jetzt hier gewartet. Damit war ihr ganzer Plan dahin – keine Verteidigung mehr, und sie blieb mitten im Zimmer stehen, bis er aufstand und zu ihr kam, sie sacht begrüßte.

An diesem Abend liefen sie untergehakt durch die Straßen wie am vergangenen nach ihrer Ankunft. Sie tranken in einer kleinen Gaststätte in einer Seitenstraße einen süßen Weißwein. Ein Wein, der nicht typisch für diese Gegend sei, wie ihr Georg erklärte. Vielmehr gab es hier Frankenwein, der nicht so lieblich schmeckte und den sie sicher nicht getrunken hätte. Aber Georg war vorsichtig geworden und aufmerksam: er ließ es bei dieser Bemerkung. Schließlich gingen sie sogar in eine von diesen Jazzkneipen, die er so verabscheute, die sie so gern mochte. Er hatte ein paar Freunde angerufen, Geschäftsfreunde, sagte er, sie hatten sich verabredet für Zehn; er kannte eben überall irgendwelche Leute, er würde ihnen Britt vorstellen mit einer seiner einladenden Gesten, das wußte sie schon. Sie würden trinken und lachen und den Nachmittag vergessen, erklärte er. Sie nickte; gleichzeitig war ihr eingefallen, daß sie sich vorgenommen hatte, nicht wieder alles zu vergessen, daß sie lieber schreien wollte und davonlaufen, ohne sich wieder einfangen zu lassen.

Sie mochte die Enge in diesen Lokalen, die laute Musik, die ihm auf die Nerven ging, die nichts mit Kunstgeschichte zu tun hatte, sie mochte tanzen und reden und nach einer Zigarette gefragt werden von Leuten, die sie noch nie gesehen hatte. Sie wollte zu viel trinken, sich bewegen, diesem schwitzenden Rhythmus nach, der auf sie einschlug. Sie bedankte sich bei Georg, daß er mitgekommen war, daß er das auf sich nahm, obwohl sie das Zeug heute mittag nicht getrunken hatte, sagte sie spöttisch. Sie war versöhnt, sie drückte ihn an sich, er lächelte. Sie biß ihm in seinen Vertreterbart, aber das mochte er nicht.

Er hatte nette Freunde: lustig, wie er gesagt hatte. Sie fingen höflich Gespräche an, waren aber zu alt, um wirklich mitlachen zu können, altklug, dachte sie, sehr schön theoretisch. Sie mußte erzählen, daß ihr Bamberg gut gefiel, daß sie am nächsten Tag zurückfahren würden. Sie mußte leises Bedauern entgegennehmen. Die Freunde saßen lässig auf kleinen wackligen Stühlen im engen Kreis gleich neben dem Eingang und hielten ihre Gläser unschlüssig in den Händen, oder stellten sie auf den Boden, gebrauchten die Hände zum Reden. Manchmal sahen sie aus wie etwas fehl am Platz in dieser Kneipe, wo fast alle jünger waren, aber es störte sie kaum. Britt unterhielt sich mit Martin, der am meisten hierher paßte, am wenigsten ihrem betont saloppen Chique entsprach, der am wenigsten in ihren geschäftlichen und technischen Gesprächen berücksichtigt wurde, armer Student. Britt bat Georg, neben ihr Platz zu machen, damit sich Martin dorthin setzen konnte, weil sie sich dann nicht zuzubrüllen brauchten über zwei Köpfe. Ein erstaunliches Lächeln machte ihm Platz.

Bald achteten sie kaum noch auf das Gerede der anderen, und sie begann endlich, von sich zu erzählen. Sie wunderte sich etwas, erschrak für einen Augenblick: sonst brauchte sie immer sehr lange, um von sich anzufangen, wenigstens sagte das Georg; vielleicht hatte sie schon zuviel getrunken. Sie fuhr sich mit der Hand durchs Haar und versuchte einen selbstbewußten Eindruck zu machen, der nicht ganz zu dem paßte, was sie sagen wollte. Sie erklärte, warum sie hierhergekommen war, daß jede andere Stadt genauso gut gewesen wäre, daß sie und Georg eigentlich nur versuchen wollten, wieder miteinander zu reden. Daß sie sich Bamberg angesehen hätten und was passiert sei. Sie erzählte, wie es kam, daß sie doch nicht miteinander beredeten, jedenfalls nicht neu, wie sehr alles sich ähneln würde, daß sie das schon aus anderen Beziehungen kenne und wie hilflos sie sich fühle. Martin hörte zu, er konnte das, und vielleicht war es dieses Zuhören. Er fragte leise, antwortete kaum. Er sagte, daß er es eigenartig finde, wenn sie sich Kunstschätze vorführen lasse, die sie nicht sehen wolle, wenn sie doch wisse, was ihr wichtiger sei. Vielleicht, sagte er, lenkt ihr euch nur gegenseitig ab. Sie war verblüfft, woher konnte er das wissen, davon hatte sie nicht gesprochen. Sie zündete sich eine Zigarette an, betrachtete ihre Hände, den Ring daran, sah, wie sie zitterten; sie lehnte sich zurück und lächelte ihn an. Ihr Lächeln blieb unsicher und flüchtig, sie merkte, wie sie wieder ausweichen wollte.

Das kannst du auf jeden anwenden, sagte er, liegt vielleicht gar nicht an dir oder Georg. Tatsächlich, sie hatten sich etwas vorgemacht, hatten Zerstreuungen gesucht, um sich nicht kennen zu lernen. Deshalb war es bis hierher gekommen, bis zu diesem Stuhl, auf dem sie jetzt saß und Martin betrachtete. Plötzlich jemanden zu haben, der zuhörte, die kleinen wichtigen Veränderungen heraushörte. Zwischen Georg und ihr war das nie geschehen. In ihrer Beziehung hat sich nur noch abgespult, was vorher fertig aufgerollt bereitlag; jeder wußte vom anderen, glaubte zu wissen, was gedacht wird, wie gefühlt wird. Also nicht mehr zuhören, nur die eigenen Gedanken waren noch neu, Veränderungen wurden nicht zugelassen. Mit Martin war es anders – ungewohnt, fremd, aber vertraut.

Sie rückte näher. Er solle von sich erzählen, was er mache, wie er hierherkomme, warum er sich für sie, für ihre Probleme zum Zuhören fand. Das sind nicht nur deine Probleme, sagte er. Jetzt strich er sich die Haare aus dem Gesicht, lange blonde, dunkelblonde, wie ihre, nur länger, er beugte sich zu ihr, stützte die Arme auf die Knie und erklärte, sprach fast zu sicher und gleichmütig.

Als sie mit Martin aufstand und den anderen laut, vielleicht etwas zu laut, verkündete, daß sie mit ihm nochmal durch die Stadt gehen wolle, bißchen spazieren, war Georg schon neben ihr. Sein Gesicht dicht vor ihrem. Was, fragte er gedehnt und roch nach Bier. Sie gab ihm einen kleinen Kuß auf die Wange, um ihn zu beruhigen; laß nur, sagte sie flüchtig, er zeigt mir nur die Stadt glaube ich.

Wieder schlenderte sie untergehakt durch Bamberg; ich habe den Mann gewechselt, dachte sie. Daß es ausgerechnet Bamberg sein mußte – aber Georg hat es nicht anders gewollt, er hat es fast selber herbeigeführt. Ihr fiel ein, daß sie ja nur durch eine Straße ging mit Martin – was heißt das schon.

Schon: sie war mit Georg lange im Auto gefahren, sie hatten öfters gehalten, zusammen gelacht und ein gutes Gefühl gehabt, aber sie hatten nie wirklich miteinander gesprochen. Daß sie sich zugehört hätten, daß sie sich geantwortet hätten, war nicht geschehen. Ob sie es überhaupt vorgehabt hatten. Martin jetzt: viel zarter als Georg, nichts von dessen aufdringlicher Kraft und Vitalität, ein leichter, sicher nicht durch Training gehetzter Körper. Vielleicht nur eine andere Masche, dachte sie. Wie waren sie nur an all die Vertreter gekommen. Sie wußte es nicht mehr, wollte es nicht wissen. Sie ging nur neben Martin, ging mit ihm in ein kleines Restaurant, redete mit ihm, dann wieder in eine kleine Kneipe. Sie standen an der Theke und tranken, ein Bier und ein Cola. Es tat gut dort zu stehen zwischen den Leuten, mit Martin zum Beispiel.

Als sie sich küßten, hatte Britt das Gefühl, etwas vollkommen Neues getan zu haben. Es war nicht mehr nur mit ihr geschehen, sie hatte es getan. Viel zu lange hatte sie nicht mehr geküßt, ohne an irgend etwas anderes zu denken, als: besinnungslos den letzten lebendigen Rest austrinken wie aus einem geleerten Glas. Beinahe war sie erschöpft von diesem alten Gefühl, an das sie kaum noch geglaubt hatte, von dem sie fast nichts mehr gewußt hatte. Sie würde Georg mit diesem Mann betrügen, ein anderes Wort fiel ihr nicht ein dafür, wenn auch nur eine Nacht, wenn auch nur in Bamberg. Sie suchte nach einem anderen Wort, fand aber keines; sie ärgerte sich über diese Formeln, die festsaßen, selbst jetzt noch. Sie würde mit ihm schlafen, und es würde schön sein, auch weil sie wußten, daß es nur für eine Nacht sein würde, und sie dachte nicht mehr über die Worte nach, mit denen sie erklären konnte, sie wollte nicht mehr erklären müssen.

Wie spät es sei, fragte sie. Die Sonne ließ die gelben Vorhänge vor der Balkontür leuchten, einzelne Strahlen stießen durch die Ritzen des groben Stoffs. Elf, sagte Martin, schon elf Uhr. Er stand auf, zog die Vorhänge zurück, sie blinzelte in das Licht und gähnte. Er kam zurück, setzte sich neben sie auf das Bett und gab ihr einen Begrüßungskuß, er stachelte. Du mußt dich rasieren, sagte sie, du kratzt, guten Morgen. Es gefiel ihr gut in seiner kleinen Behausung, sie betrachtete sich in dem kleinen Spiegel, der dem Bett gegenüberhing, die Bilder an den Wänden, die Plakate und Zeitungsausschnitte, die Bücher. Martin machte Kaffee und summte ein Lied von gestern Abend. Sie ging zu ihm und sah ihm zu, wie er mit Tellern und Tassen hantierte. Das erste, sagte sie verschlafen, was Georg morgens macht, ist nach der Zeitung fragen, sie finden, die

Regionalseiten studieren, egal wo er ist. Männer sind so, sagte Martin. Sie lachten.

Sie putzte die Zähne mit viel Schaum und seiner Zahnbürste, sie duschte in der alten Badewanne und sang einen Schlager, von dem sie gerade die Melodie und ein paar Textbrocken kannte, sie konnte auch singen. Sie frühstückten, Kaffee, Toast, Marmelade, Käse, Eier – alles. Es sei schön gewesen mit ihm, es ist noch schön, sagte sie. Sie hatte seinen Morgenrock an, viel zu groß und mit umgekrempelten Ärmeln, es gefiel ihm.

Später gingen sie zum Hotel. Georg war schon abgefahren. Vor einer halben Stunde, meinte der Portier. Auch gut, besser sogar, das hatte noch Zeit. Sie würde mit der Bahn fahren, das sei sowieso angenehmer jetzt, sagte sie. Sie packte ihre Sachen, warf alles in den Koffer, wie sie es vor langem zum letzten Mal getan hatte. Zwischendurch war ich mal sehr ordentlich, sagte sie, das hier sei wohl sein schlechter Einfluß. Martin nickte erfreut. Sie gingen zum Bahnhof; das Hotel hatte Georg bezahlt, was sie ärgerte. Sie gingen zum Bahnhof, stellten den Koffer in ein Schließfach, nächste Zugverbindung, Eilzug, Abfahrt Sechzehn Uhr zwölf, Bahnsteig zwei, Ankunft einundzwanzig vierundvierzig. Eine Fahrkarte bitte, sagte sie, es blieben ihr noch sechzig Mark. Sie wollte ein Telegramm aufgeben. Also, weil sie noch genügend Zeit hatten, gingen sie zur Post.

Telegramm an Thomas Naumann, Thomas mit H, ja. Komme heute, einundzwanzig vierundvierzig, bitte hole mich ab, bitte, Britt. Erleichtert ging sie zurück zum Bahnhof, Martin neben ihr, er schwieg. Ich glaube, sagte sie, du hast mir viel geholfen, oder durch dich habe ich mir selbst geholfen. Ich kann mich jetzt wieder den alten Sachen zuwenden, auch neuen, die ich bisher immer vor mir her geschoben habe. Mal sehen, was daraus wird, sagte sie. Sicher würde manches zunächst wieder aussehen wie früher, ganz früher, aber sie glaube jetzt, daß sich noch etwas machen ließe, vielleicht. Sie gingen dann noch einen Kaffee trinken.

Als sie im Zug saß in ihrem Abteil, der Koffer lag ihr gegenüber und sie hatte das ganze Abteil für sich und neben sich das Buch, das ihr Martin geschenkt hatte: als sie so im Zug saß und das beruhigende Rattern hörte, da dachte sie, wie es morgen sein würde. Sie sah hinaus in die streifige Gegend. Sie würde zu Thomas zurückgehen, ihrem Mann. Sie hatte immer Schwierigkeiten gehabt mit diesem Wort. Mein Mann, sagte sie laut und fror. Er würde sie vom Bahnhof abholen. Und zu ihrem Kind. Mein Kind, sagte sie. Es würde nicht leicht sein, aber es würde gehen, sie wollte es versuchen. Das war es, was sie wollte, und sie erschrak dabei. Alles andere würde sie schnell vergessen haben, wie sie jetzt schon zu vergessen begann, was sie vorhin zu Martin gesagt hatte, Georg schon weit hinter ihr, vorbei. Wahrscheinlich konnte sie nicht mehr anders – nach all den Jahren. Sie dachte an Thomas, versuchte sich vorzubereiten und fühlte, wie sie ruhiger wurde, gelassen.

Dafnes Traum

Einmal, als Kind, als die Bäume noch höher waren und Verstecke, Nistkästen eines feinen schwebenden Gefühls vom Unmöglichen; als die Bäume noch grün und breit und ausladend mit leisem Rauschen ihren Körper verdecken konnten vor den Blicken so vieler anderer. Einmal war sie aus einem Baum gefallen, mit einem dumpfen Schlag war sie gefallen, aufgekommen wie Fallobst, hatte der Vater gesagt, und gelegen hatte sie, auf dem Rücken, wie ein toter Ast und mit überhängendem Kopf. Aber das war doch eine hüpfende Zeit gewesen, eine Zeit, in der es nur Bäume gab, die mit wohligem Grün sich selbst und andere verdeckten, und Bäume, die sie nicht mochte, Nadelbäume, die stachlig und starr standen, nicht bereit, sie aufzunehmen und zu schützen. Aber das war im Wald, und in den Wald durfte sie nicht, dort mußte sie sich fürchten, hatte man gesagt. Darum ging sie zu den Bäumen aufs Feld und versteckte sich, weil sie sich fürchtete.

Das waren die Tage, die in ihrer Erinnerung nach Gras rochen, nach Harz und den Pfiffen, die sie zurückhielten, die sie zurückriefen, sie noch in den Bäumen erreichen konnten, die Pfiffe und das Rufen.

Einmal war sie gefallen, auf den Rücken geschlagen mit weit ausgestreckten Armen und ohne Schrei, und als die Herbeigelaufenen sie rüttelten, als sie sie aufhoben und an ihrem Körper rüttelten, da hatte leise im Hals ihre Zunge gegurgelt. Ihre toten Augen hatten die Gesichter schon gesehen, die fahlen Gesichter, die sich vornübergebeugt zu ihr wandten, zu ihr sprachen, ihr Gurgeln erleichtert erwiderten, sie langsam aufhoben und forttrugen ins Haus.

Seitdem kannte sie dieses Gefühl. Eine bleiche Angst preßte sich in ihren Körper, preßte sich dort zusammen, und deutlich konnte sie das feuchte Gras riechen, plötzlich so nah, und den Baum dann über sich, der so fremd geworden war, ganz fremd blieb und starr und fern. Jetzt waren Bäume mit Nadeln um sie, es waren rostfreie Nadeln, mit gelbem, brüchigem Rasen umgeben, steinerne Bäume, die nichts verbargen und verdeckten als nur den Platz, auf dem sie standen. Bäume die einfach standen und nichts zu sagen hatten, die nicht grün waren und keine Blätter verlieren konnten. Die Menschen, die in ihnen wohnten, blieben lautlos im Lärm, erstickt im ewigen Grau und rochen nach Salmiakgeist und Wasser im Keller.

Einmal wollte sie ein Baum sein, wenn auch nur eine Fichte, unbeachtet und nicht beschrieben, ohne den Namen Tanne, ohne ein anderes Schicksal als das eines Baumes, ohne ihre Geschichte. Sie habe nur verrückte Ideen im Kopf, sagte der Vater, und die Mutter erzählte überall, daß ihre Tochter ein Baum werden wolle. Dann schämte sie sich, etwas zu einfaches gesagt zu haben, und nicht, wie die Erwachsenen sagten, daß es andere Kinder sagten, Schornsteinfeger oder besser Sekretärin oder Ärztin oder einfach verheiratet. Sieh mal, hatte der Vater angefangen, ihr zu erklären, wie Bäume ihre Blätter bekommen und daß Nadeln auch Blätter seien, nur eben Nadeln. Sieh mal, hatte er gesagt, da ist das Biotop und dazu brauchen wir die Bäume, oder so ähnlich. Es war eine lange Geschichte von Saft und Wasser und Sonne und Regen und Regenwürmern und Bienen und Wind, aber was hatte das mit dem Baum zu tun. Der Baum war einfach grün und braun und stand da. Der Vater erklärte ihn. Aber es hatte nichts mit ihr zu tun und mit ihrem Baum.

Ihr Baum stand auf dem Feld, ein kurzes Stück hinter dem Gartenzaun. Sie konnte leicht über den Zaun klettern und zu ihm hinlaufen. Er hatte einen kurzen, rauhen Stamm und niedrige und dicke Äste führten nach drei Seiten, dicht verzweigt. Auch hier konnte sie klettern, aber meistens saß sie nur oben, und sie führten lange Gespräche. Im Frühjahr hatte der Baum kleine feuchte Blätter, frisch und fein und zerbrechlich mit winzigen Äderchen, und weißliche Blüten saßen ihnen vor. Später, später wurden es säuerliche Äpfel. Im Winter stand er kahl und abweisend, betraf sie nicht.

Auf dem Baum konnte man reden: einmal war der Vater heraufgekommen und er hatte sich nicht ausgekannt und sehr komisch ausgesehen mit den Füßen in der Luft, bis er oben war, er hatte sich gesetzt, einen Ast tiefer, und sie hatten sich lange unterhalten, über den Baum und sie und warum sie ein Baum werden wollte. Das habe sie nur so gesagt, aber dann, nach einer Weile, erzählte sie doch eine ganze Menge. Das wußte sie heute nicht mehr so genau.

Dann durfte sie nicht mehr klettern, nicht mehr über den Zaun und nicht mehr auf den Baum, überhaupt nicht auf Bäume. Das sei zu gefährlich, hatte der Vater gesagt, und die Mutter nickte, und alle Leute in der Straße sagten es, denn sie sei ja ein Mädchen.

Am besten konnte sie sich an dieses Gefühl erinnern, das sie damals zum ersten Mal erlebt hatte, als sich über ihr die Gesichter zusammensteckten und tuschelten, sie aufnahmen und trugen, als noch Tage danach immer wieder neue Gesichter über sie gebeugt waren, ihr an die Stirn griffen und leicht auf die Backen klopften und sagten, daß sie nicht mehr hinaufklettern dürfe, und daß es schon wieder werde mit ihr. Später lachten sie und sagten, sie sei gefallen wie ein Maikäfer, sie habe auf dem Rücken gelegen und mit den Beinen gezappelt, nein, das nicht, sie habe wie tot gelegen und ihre Augen seien verdreht gewesen. Sie hatten ihr lauwarme Milch zu trinken gegeben, ihren Kopf mit Kissen und Händen im Nacken gestützt. Sie hatte langsam geschlürft und nichts gesagt. Es sei gute Milch, sie gebe viel Rahm, hatten sie gesagt.

Sie hatte Angst. Sie würde nie mehr in einem Baum sein können und sich verstecken vor den Blicken, vor dem Rufen und dem Reden, von dem sie nichts verstand, sie würde sich nie mehr zudecken können mit Grün. Keine ruhigen Tage mehr, keine hüpfende Zeit, nur diese Angst, fallende Angst. Steinerne Bäume umstanden sie, und tief unter ihr ferne grüne Bäume, Biotop, abgeschirmt durch ihre Säfte, zusammengerollte Blätter und lateinische Namen, verwurzelt in der stinkenden Erde, von Hunden und Männern bepinkelt. Fremd in dem unfruchtbaren Erdreich der Stadt.

Sie fühlte die gurgelnde Angst, die ihre Zunge in den Mund zurückrollen ließ, sah besorgte Gesichter, die über ihr lachten und über sie. Ihre Bäume hatten rostfreie Nadeln und marmorne Eingangshallen. Sie wurden mit Leuchtschrift verkündet, mit Müllschlucker und Aufzug. Zu groß waren sie, zu klein ihre Angst.

Was hast du denn, sagte er, was ist denn heute mit dir los? Sie fuhr zusammen und starrte ihn überrascht an. Langsam kam seine Hand und strich ihr durchs Haar und über das Gesicht, vorsichtig. Was ist, fragte er, du hörst ja gar nicht zu, was ist denn los, erzähl. Er zog sie zu sich heran, küßte sie leise auf die geschlossenen Lippen. Nein, sagte sie, jetzt nicht, ich will nicht. Sie stieß ihn zurück, stand auf und ging zum Fenster. Sie stützte die Arme in die Hüften und sah hinunter, es war ihr ekelhaft, das eben. Weit unten standen die Bäume, klein und dunkelgrün. Ich wollte ein Baum sein, sagte sie über die Schulter.

Unsere weichblutenden Tage

Nicht, wie es regnet jetzt oder weil wieder kühle Luft ist in den Straßen, nicht dieses trübere Wetter, wenn feiner Nebel immer feuchter und ausdauernder wird, keine Hoffnung mehr zuläßt auf Besseres. Aber vielleicht, was ich gefunden habe beim Lesen: Es vergeht nicht das tägliche Gegessene, es singt wie die Männer im Feuer.

Normalerweise Paris. Weil aber das nicht verschieden ist vom Andern, nur weiter, ein paar Kirchen und Museen mehr, nur enger und voller mit Figuren, mit Begebenheiten, finden wir eine andere Stadt. Wo der Himmel nicht ganz so blau ist, das Wasser im Fluß nur schmutzig und von bräunlicher, dampfiger Farbe. Auch Brücken natürlich und weniger alte Häuser als gestern. Auch hier hat alles seine Geschichte, nichts ohne sie; beschrieben und begangen, hergestellt und errichtet, sogar geworden, sagt man.

Manche Geschichte erzeugt selbst ihren Ton, spricht sich als Revolution oder doch als Versuch flüssig aus, herausgekehrt nur im Stuck der Fotografien, Zeichnungen, Erklärungen. Vergangenheit, nicht verschwiegen, nur aufgehoben im Keller des Museums, still im Tiefgeschoß. Das ist ein Keller mit Teppichboden, pflegeleicht, darüber Karolinger und Römer.

So also diese Stadt; hier können wir das Wenige geschehen lassen, das zu einer Geschichte gehört. Davon bleiben dann Sätze, geringer noch als der Nachgeschmack des Geschehenen. Man liest und findet daran vorbei, oder man liest nicht, es bleibt für sich. Oder keine Geschichte, weil ohne Zusammenhang. Anfang bei Karl dem Großen und Zickzack über die Römer zu den Folterkammern des Mittelalters, den roten Punkten nach; oder wir sehen den Zettel und finden den Eingang zum Keller, oder wir gehen vorbei und er ist weg. Vielleicht steht da auch nur Frisch Gebohnert und Vorsicht Stufe, und an allem entlang finden wir kleine Bilder, expressionistisch, Straße, Stadt. Aber das schon in anderen Museen. Oder einfach die Kupferschilder vor den Eingangshallen der Bürohäuser.

Es gibt Bäume, meist Platanen, unter denen die Straßen ausgebreitet sind, in regelmäßigen Abständen stehen die Stämme. Niemand läuft dicht an ihnen vorbei, will in den Dreck treten, in die viereckigen Erdflächen, die das Straßenpflaster ihnen läßt. Nur jetzt gehe ich näher heran, um vor dem Regen geschützt zu sein. Der treibt in Hauseingänge und Mauernischen, und Zeitungsfetzen und Plastiktüten vor sich über die Straße. Ich laufe schnell hinüber zu der breiten Glastür, lese nicht die Plakate, die dort angeklebt sind, frage drinnen nach Zehnern, schiebe welche in den Automatenschlitz und hole mir den heißen, glasigen Kaffee. Ich halte den Pappbecher mit zwei Fingern von mir und steige langsam die Treppe hinauf. Es schwappt doch, und ich bleibe stehen, um zu trinken. Hinter mir dunkle feuchte Spuren auf den Stufen.

Durch die geöffnete Tür dringt der warme Dampf des überfüllten Raumes; niemand kommt zu spät, es ist immer schon voll. Ich suche einen Stuhl, hole mir einen aus dem Nebenraum, schiebe ihn durch die schmale Öffnung, zwänge ihn zwischen Knie und Lehne. Die Wärme beginnt angenehm zu werden, ihr nasser Geruch verschwindet langsam, und ich sehe mich um, tippe an Schultern, grüße, lächle in bekannte Gesichter, lasse mir ein geheftetes Papier vom Tisch reichen. Ich höre zu, lese das Papier. Diskussion über den Ursprung, die archaische Gesellschaftsordnung, Aufbau, Struktur. Ich trinke den Rest Kaffee. Jetzt eine Zigarette. Wir haben das Rauchen eingestellt. Ja, ja, ich weiß, ich meinte nur; meine Haare sind naß und kleben.

Ich sehe die Reihen entlang – sie ist da, sitzt über einem Tisch gebeugt und streicht mit dem Bleistift im Papier. Sie unterstreicht – sie unterhält sich, gut.

Was ich mit Lächeln, mit kühlem oder kühlendem, ihr serviere, kredenze auf dem Tablett meiner Grimassen. Gesten sind vornehm. Gespräche sind Plüsch. Richtig gibt es nicht. Hier nicht, vielleicht außer mir, wenn, dann außer mir, außer uns. Wir tragen den Finderlohn auf der Stirn. Die Augen bleiben tief im gebauschten Stoff, nur manchmal springen sie hervor wie ein lockerer Knopf; ein kleiner sichtbarer Moment.

Wahrscheinlich ist nur das Grau unserer Tage ... ihr sanftes Verschwinden im Unwahrscheinlichen.

Ein Bild: nur Hintergrund. Über einer breiten weißen Fläche steht weitgefächert ein Baum mit niedrigem Stamm und schweren Ästen, die übergangslos aus der dicken Rinde des Stammes brechen. Eine überirdische Wurzel, nach oben gewandt, schwarz, ohne Blätter.

Oder ich erhebe mich etwas von meinem Stuhl und sage in eine kleine Pause, in das Knistern der Blätter und die vereinzelten stummen Diskussionen zum Thema Ursprung: Ich rede nur, weil ich eine halbe Stunde im Auto durch die Stadt gefahren bin, weil ich keinen Parkplatz gefunden habe, weil es regnet und weil ich heute Nacht allein war wie überhaupt meistens, und warum redet ihr. Ja, die archaische Gesellschaft, wir brauchen das, aber wozu. Und: Manchmal habe ich einfach keine Lust mehr.

Sie betrachtet mich, ihre Unterlippe zittert dann leise und die Oberlippe unter der Nasenspitze, sie bereitet sich nach innen vor. Aber das kannst du doch nicht sagen, das versteht doch keiner, kann keiner verstehen. Das mit dem Auto schon und so, warum du das sagst. Kann auch keiner verstehen, sage ich, oder du. Manchmal bitte. Aber das geht nicht, ich muß es erklären. Ich glaube, weil es draußen regnet ist es nicht, meine Haare sind klebrig und stören auf der Stirn, schon, aber heute morgen – und jetzt diese Leute hier. Warum ist auch das Licht an, so dunkel kann es doch nicht sein. Sie nickt. Ja, die archaische Gesellschaft ist einfacher, und das gehört alles nicht hierher, ich weiß, aber erklären kann ich nicht.

Weiter der Baum: Er endet in feinen fiebrigen Ästchen, wie Nervenenden im fahlen Himmel. Weit hinten Telegrafenmasten, die immer kleiner werden müssen. Perspektive, sage ich. Wie bitte. Telegrafenmasten. Es ist eine schöne, einfache, leere und trostlose Stille im Weiß. Weiß ist keine echte Farbe, weiß ist der Druckgrund, der Grund also.

Ich weiß nicht, ob sie mir zustimmen kann in der Wahl dieser Stadt, auch weil ich nur die kleine Revolution im Museum zum Vorwand nehme, wo es die Banken gibt in der Innenstadt, den Elektrokonzern, die Raffinerien, worüber nichts gesagt wird, auch dafür bleiben noch Ausstellungsräume.

Darüber reden wir, nicht diese Geschichte, getan haben wir nichts, und nichts geändert. Kämpfen ist etwas, das wir nur von Wandzeitungen kennen, ebenso wie Arbeit. Was wir dazu sagen ist Angst.

Wenn dies am Ende eine Geschichte war, dann also nicht in Paris, das ist alles, was sie am Anfang ausschließt, und auch das, was sie nicht sagen kann, wovon sie nur weiß.

Was aber sein kann ist keine Geschichte, Bilder höchstens, die sich aufdrängen, geschehen ohne Auftrag, jedes für sich. Eine Geschichte ohne Handlung; vielleicht sollte es doch Paris sein, dort könnte es sich einreihen, in Reihen gekleidet sein.

Oder zu Hause: ich höre zu, mit Mühe. Ich blicke zwischen Sesseln durch und suche im Hintergrund des Zimmers, lehne mich zurück und blase Zigarettenrauch, sehe, wie er sich zur Decke hebt, ausbreitet und aus dem Licht verschwindet. Von oben hängt er herunter, vermischt mit Stimmen, Satzresten, einzelnen Wörtern. Wenn sich das senkt, ersticken wir. Ich stehe auf und öffne ein Fenster, sehe Rauch und Stimmen nach draußen treiben.

Ich möchte auch reden, möchte über meine Geschichte reden. Plötzlich rede ich zu diesen Gesichtern, freue mich doch, daß sie gekommen sind. Sie haben Whiskey mitgebracht, das ist selten, ich trinke, bin dankbar. Wenn ich nichts festfahren lassen will, sage ich, ich halte Entwicklungen auf, halte mich an Unentwickeltes, dann bleiben es Zweierbeziehungen.

Ich frage mich, warum ich nicht zuhören kann. Jetzt geht es schon besser. Ich finde langsam in diese Gespräche, die so vertraut sind, so unveränderlich, finde die bekannten Figuren, die Wendungen, träges wie schnelles Lächeln und die kleinen Blicke, die mir helfen wollen, die vorsichtiger sind als Sprache und offener.

Ich habe Lust, Haar anzufassen, das so dicht neben mir ist, das rötlich schimmert, ich möchte es zwischen den Fingern spüren, wie es hindurchsickert zu den Handflächen. Ich glaube es riecht gut. Ich kraule meinen Bart. Ich trinke.

Dann fasse ich an. Ich sehe die anderen gegenüber hinter ihrem Rauch verschwinden, sehe, wie sie dezent sein wollen; wie sie nicht wahrnehmen wollen. Das Mädchen, ich kenne sie nicht, ich fasse an, schon zugehörig, zugeordnet.

Eine Beziehung ist, sage ich; aber das hat keinen Sinn. Ich beuge mich vor diesmal und betrachte den Teppich zwischen den Füßen, beginne die Zehen in den Schuhen zusammenzurechnen. Der Rauch von Zigaretten, nach unten geblasen, ist intensiver, verfliegt nur langsam. Besuch für dich, sagt jemand, es kommen Leute. Stühle rücken, Gläser, Begrüßung fährt durch die Tür. Ich sehe die neuen Gesichter, sehe sie träge und probiere, wie sich meine Hände neben mir fühlen, wie sie sich bekannt machen. Ich rede nach vorn und bin neben mir. Ich fühle ein leichtes Anlehnen und freue mich, lache unwillkürlich und werde verstanden, es paßt sich ein, wiederum. Ich beginne wieder mit Zuhören.

Ich frage mich: Wenn sie jetzt hier wäre, würde ich auch so geredet haben. Das wohl. Aber hätte ich hinübergegriffen in diese feinen Haare, die wirklich gut riechen.

Aber ich denke, daß sie so nicht will. Wenn das alles ist. Ich bin dann außerhalb dieses Zimmers, abgestellt suche ich nach meinem Augenblick; jetzt. Oder nicht.

Nebel ergibt weiches Ineinanderfließen, neue Formen, die fremd sind von Gedachtem, Niegeglaubtes fügt sich zusammen. Unsicher treten barocke Figuren aus der grauen

Fläche des Abends, schieben sich bei jedem Schritt weiter vor, um gleich wieder verschwunden zu sein, ausgefegt die Augen, die Neues entziffern müssen. Nebel selbst hat keine Erinnerungen, rückt zusammen und legt sich kühl und nässend auf den Atem.

Ich kann sprechen wie in einem Zimmer, dabei laufen und links und rechts Bäume wissen. Wald – eben das, was es hier gibt, was wir so nennen; starre Monokulturen, gelockert in Unsichtbarkeit.

Ich habe mich nie verlaufen, wie erkläre ich das nun. Ich habe nicht auf Wege geachtet, Richtungen, etwa der unsichtbaren Flugzeuge, die über uns flogen. Ich habe die leichte Erde gefühlt und dann eine Straße gesehen, zu der ich nicht wollte, die sich im Dunst verlor, im Licht der brummenden Scheinwerfer. Umgekehrt war Nebel.

Und warum bist du plötzlich so schnell, warte doch. Durch längere Schritte das Ungewisse vertreiben.

Nein, jetzt sitzen wir schon im Auto, schon wieder, das ist nur noch Schade. Als wir dort unten an den dicken Baumstämmen, ja, wir hätten uns ausgezogen, es ist nicht kalt, und an den Baumstamm gelehnt, das wäre voller Nebel gewesen und klar in ihm, und du warm in der feuchten Luft. Hier ist es nur ein alter Ton, der nachklingt. Gleich fühle ich wieder den Asfalt in den Händen, die vierspurige Straße zur Stadt, die Ampeln, das feierabendliche Getue um mich. Ich bin geschäftig mit dem Notwendigen und stumm für sie.

Im Nebel bleiben wir stehen und fassen uns an; unsere Hände fühlen, als hätte der Dunst sich so weit gesenkt, daß nichts mehr zu sehen bliebe, tauchen sich wohlig in die milchige Nacht. Unter den Kleidern ahnen sie die Wärme der Haut. Vorsichtig fahren sie hinunter und erkennen das

Vertraute, Verwandte. Angenagelt in diesem kurzen Fühlen.

Ich freue mich auf ihre leichten Hände, ihre Haut. Die Zunge verfängt sich im krausen Haar und die alte Wärme läuft in dicken Tropfen meinen Rücken hinunter und verdampft zwischen den Wurzeln.

Ach ja, dieser Baum. Ich lehne mich an und spüre die harte Rinde, die kühl einschneidet mit grünlichem Staub. Ich weiß von diesem Staub und habe ihn pelzig über mir. Wir werden voll sein von diesem harzigen Zeug, wir werden baden müssen. Sie sagt, ich habe nur Bäume im Kopf. Aber was trifft man häufiger, außer Häusern.

Ja, gut, ich flüchte, sage ich, ich laufe davon, wenn du willst. Ich habe einen anderen Namen dafür. Aber der physikalische Wert etwa dieser Wärme, unserer Wärme, ist gering, glaube ich. Mit Nebel sowieso.

Dennoch Bäume. Ich habe schon einen stillen Gruß für sie und ein feines Vertrauen, von dem ich fühle, daß es länger andauert als meine Begegnungen. Dieser hier ist gut anzufassen. Ich sehe ihr Lächeln und halte sie an der Hand.

Oder ich frage, ob wir uns ausziehen. Aber vielleicht ist es doch zu kalt. Oder sie fragt und ich friere.

Die Wege in diesem Wald sind geharkt wie die Toreinfahrten alter Häuser. Der Kies knirscht hinter uns her, und ich höre die kleinen Steinchen von den Schuhen zur Seite fliegen. Bis zum nächsten Flugzeug. Aber wir haben den Weg zurück zum Parkplatz zu früh gefunden und die Schritte werden länger und schneller, da wir es wissen, und dann habe ich Durst und sie auch. Zurückgelassen ein ruhiges Bedauern, schnell geschluckt und aufgesogen im Kommenden.

Ich habe ein Foto als Lesezeichen. Man spürt noch die Schnittkanten, wo es abgetrennt wurde von unserer Zeit. Die Farben kaum mehr als grau, wenn überhaupt, gehören nicht dazu. Welkes Papier liegt zwischen den Seiten. Kontaktabzug. Wer glaubt schon eingefangen zu haben, was war. Ich wollte es wegwerfen und konnte nicht. Es ist noch nicht fünf, ich kann sie anrufen.

Wie weiter. Nun gut, es wird sich etwas ergeben, irgendwas, wovon man behaupten kann, daß es geworden sei, was für ein Ergebnis gehalten werden kann. Was zuletzt ist, braucht einen Namen und etwas wird zuletzt sein. Eine verheiratete Frau, sage ich, das ist der Normalfall. Und auch dieses Verhältnis ist ein Fall der Norm. Gesetze zeigen oft mehrere Formeln. Die Stille, die ich schon zwischen den Lebensräumen und den neu aufgestellten Kreuzen der Friedhöfe gefunden habe. Die ewig aufrechten Grabsteine kennen sie, die bemoosten, die mit blankgeputzten Goldlettern. Es ist eine Ruhe, die leise wispert, abgefangen in den dichtgedrängten Blättern zum Wohlbefinden der Besucher, der Lebenden.

Wir haben sie nicht, gehören dazu, wir leben; unser Blut zirkuliert in abgeschlossenen freundlichen Wohnräumen; ab und zu lugt es zwischen Gardinen hinaus und erschrickt vor dem gleißenden Licht der Straßenlaternen. Wir töten die laute Stille mit Schreien, die keiner hören kann.

Diese Kneipen entwickeln ein Zugehörigkeitsgefühl, sind dazu eingerichtet Zusammengehörige zu beruhigen. Die Menschen in ihnen sind aufeinander abgestimmt wie die Farben der Wände und der Polster. Was übrig bleibt, rettet sich in Musik. Wo sich trifft, wer keinem ähnlich sein will, um die Ähnlichkeit zu finden. Hierhin also. Altbier trinken, Zigaretten in die Aschenbecher stippen. Wo die Wärme der Anderen die eigene ersetzen kann, und doch getrennt sein von ihnen, die hohen Lehnen zwischen den Blicken; da, wo sie sich treffen, sind sie frei von Verbindlichem. Das Licht braucht Zeit, bis es durch unsere zugeschweißten Augen eindringt, bis wir uns sehen, nach einem halben Glas, langsam eingesessen, aufgewärmt.

Wir wissen, wie diese Minuten sind, wir kennen sie schon. Wenn sie hastig aus dem Auto springt, die Tür kräftiger als nötig zuschlägt und sich an der Ecke umdreht, wenn ich das Gaspedal wütend hinuntertrete und erst wieder ruhiger bin nach einigen hundert Metern. Dann fällt alles in mich ein, was ich noch sagen wollte, was aufgespart bleiben muß. Der letzte Blick hängt eine Weile nahe vor mir über der Straße, rutscht schnell über Asfalt und Streifen, bis er langsam in gewohnheitsmäßiges Fahren geschüttet wird, selten hervorgeholt. Einen Moment nur bleibe ich unfähig, mir das Folgende vorzustellen. Dann ist das Bild vom Zähneputzen oder Schuheschnüren fast exotisch. Dann ist es vorbei, hat nichts mehr mit mir zu tun, und vor der nächsten Ampel warte ich ruhig auf grünes Licht, stecke mir eine Zigarette an und blase den Rauch an die Scheiben.

Oder in einer Kneipe. Wenn sich in einem Lächeln fängt, was besser wäre. Ich streiche Grübchen um ihre Mundwinkel, ich küsse sie vorsichtig und spüre, wie zerbrechlich die Zeit zwischen uns stehen bleibt. Nicht anstoßen. Jetzt, da alles hastig werden will, alles schneller gehen muß, hinter uns zusammengeballt liegt, jetzt nur vorsichtig und langsam, daß nichts zerspringt.

Wenn ich vergessen sollte: sie wird mich erinnern; was

ich nicht sage, klingt nach. Aber die Töne verändern sich, werden aus Zusammenhängen gerissen und hängen sich an die falschen Saiten.

Ich werde anrufen, sage ich. Das ist eines unserer letzten Zeichen, die gefangene Sicherheit, die wir uns leisten, die einzige vielleicht, die überhaupt leistbar ist. Neben den Anderen stehen wir leichter und manchmal froh, daß es dabei bleibt. Ich stelle mir vor, daß andere Formen zwischen uns sind, denn ich weiß nichts von ihnen, fühle nur unbestimmt ihre Schwere, ihren stillen Druck, weil wir noch keine Worte gefunden haben. Ich halte mich an Unsichtbarkeiten, Unsicherheiten, Unerklärtes, Unzusammenhängendes und finde es fester vor, als ich vom Anderen jemals gedacht habe. Was ich kenne, ist der Wille, ausschließlich zu sein, in Allem ein Endpunkt. Hier also, was ich nicht kenne.

Ich küsse, kaue an ihren Lippen, an ihrem Ohrläppchen. Ich flüstere etwas, was ich nicht zu flüstern brauchte und fange die Zeit von ihren Schultern.

Hier, sagt sie, zwischen den Leuten, muß ich mich immer näher zu dir setzen. Der Versuch, uns zwischen ihnen zu finden, auch anfassen zu können. Suchen wir, was schon unter den Teppich gefegt war. Die Wärme, die sie geben kann, ist in dieser Hitze fast noch deutlicher, erfrischend im schwülen Raum.

Unerhört bleiben die Begebenheiten. Jene Stille, mit der geschieht, bleibt unser Begleiter. Das Feuer brennt außer uns; wo es brennt, geschieht Welt, oder wo sonst. Begleiten scheint entscheidend zu sein, wir begleiten die Ereignisse, wir sehen sie an und sie sind erstaunlich.

Jetzt also nehmen wir doch diese Stadt. Ich lehne mich vom Schreibtisch zurück und sehe hinunter auf die Straße. Diese ist es nicht. Wir werden jetzt eine Stadt und eine Straße machen, in der sich ereignen kann, was zu einer Geschichte gehört. Ich sehe sie an, frage, was sie da gerade liest und beginne zu schreiben. Es wird, glaube ich, so etwas wie eine Chronik. Unsere weichblutenden Tage.

Nachmittag der Überlebenden

Daß er zu spät gekommen war, wurde ihm übel genommen. Er sah es an dem Blick, den er aus den ersten Reihen der schwarzen Rücken in der kleinen Friedhofskapelle auffing. Als er die Tür aufstieß, noch im Tempo des letzten Stücks Fahrt, nach dem Gezuckel durch die Randgebiete der Stadt, nach dem Stau auf der Autobahn, noch im Wettkampf mit seiner Armbanduhr; eine kurze Kontrolle: Eine Dreiviertelstunde zu spät. Plötzlich fand er seinen Körper in der dumpfen Stille wieder, in der kühlen Luft, die sich fortwährend mit heißem Blütenstaub und Weihrauch anreicherte, dem süßlichen Duft der dunklen Menschenmasse, die sich in dem engen Raum drängte.

Beim Knirschen der Tür und seinen letzten schnellen Schritten sah er die Gesichter zwischen den ganz vorn aufgereihten Schultern erscheinen, bekannte darunter. Er hatte sich verspätet. Man erwartete den letzten Redner, die Begründung für den letzten Kranz, rüstete sich schon zum Gehen, Handtaschen wurden hervorgeholt, Schirme auf Kniee gelegt, Mäntel zurechtgezupft; und ihm zeigte sich nur die kurze Aufmerksamkeit, die dem Eintretenden bedeutet, daß er störe.

Langsam fanden sich Blicke ein, betrachteten seine Kleidung, mißbilligend, empört, Kopfschütteln. Das hatte er erwartet – er hatte nichts Feierliches finden können in seinem Schrank, er hatte sich wirklich bemüht. Jetzt eine Hose, die, ehemals braun, durch vieles Waschen gebleicht zu einem milchigen Beige, sich kaum einpassen konnte in den wohl verschnörkelten, aber festgefügten Rahmen der Trauerfeier.

Jemand tippte an seinen Arm, Tag Ruhland, stellte sich neben ihn und sah mit ihm nach vorn. Neben ihm, weiter entfernt, fragte jemand leise, was will denn der hier. Er sah sich um, stellte sich auf die Zehenspitzen und blickte über Köpfe, konnte nichts erkennen. Wieder tippte es an seinen Arm; nicht gerade der beste Anlaß, sich wiederzusehen. Ruhland versuchte, in dem bärtigen Profil Bekanntes zu entdecken. Ach so, aus der Schule, wie war das: Jochen, sagte er unsicher, Jochen, stimmts. Er schob die angebotene Hand beiseite, ist schon in Ordnung, Beileid brauchst du nicht, schon gut.

Vorne war man beim Gründungsjahr der Naturforschenden Gesellschaft angelangt, ein Grauhaariger stand hinter dem Rednerpult, las von den Verdiensten, der naturwissenschaftlichen Größe und den Leistungen des gefeierten Toten. Der Mitbegründer der Gesellschaft, damals fünfundzwanzig, war geachtete und vielumworbene Persönlichkeit der Stadt und des Landes. Seine Rolle beim Wiederaufbau nach dem Kriege, sein Einsatz, sagte der Redner. Man hatte ihn geachtet, respektiert, dachte Ruhland, geliebt wohl kaum, dazu hätte man ihn erst erreichen müssen. Die Achtung aber, Würdigung und Neugier rankten sich noch um den Sarg. Verdienste für die Forschung, Arbeitseifer, Hilfsbereitschaft, Hingabe vermischten sich mit dem betäubenden Dunst der Blumen und Kränze und dem Wirrwarr der Sprüche und Segenswünsche, wurden ihm zu dicken Schwaden, die die Atemwege zu verstopfen drohten. Von welcher Zeit wurde hier gesprochen, welche Sprache benutzt, wo kamen diese Sätze her. Er erinnerte sich an alte Geschichtsbücher, in denen er einmal gelesen hatte, die alten Wochenschauen im Fernsehen auch.

Er verließ vorsichtig und leise die Kapelle und setzte

sich draußen auf einen der feuchten Sandsteinpfosten neben den Eingang. Jochen war ihm gefolgt und setzte sich auf den anderen. Was die Leute da alles zu sehen bekommen, sagte er, wie sie sich einhüllen lassen, seidene, bedruckte Bänder und Ehre. Für den Toten redet niemand, man redet für die Zuhörer. Ruhland stützte den Kopf in die Handflächen, fühlte seine heiße Stirn und schluckte an dem bitteren Geschmack, der seinen Gaumen verklebte. Er versuchte, tief zu atmen und die kalte Luft in sich einzulassen. Was nirgends mehr gesagt wird, sie suchen es in Trauerreden, der festliche Anlaß, der Tote erlaubt es. Ja, ich weiß, sagte er, was sonst belächelt wird, ist hier Verehrung und unantastbar, aber kalt und balsamiert wie die Leiche selbst, geschminkt. Ich weiß aber auch, was ist, wenn ich nicht hier erscheine, du bist ja auch da, wie ich. Die Fragen, Erklärungen: Ich weiche aus, will nicht antworten, schon das Nein wäre mir lästig, deshalb bin ich gekommen.

Sie saßen, beobachteten den diesigen Mittag, der seine zerfaserten Wolken über das Tal schob, sahen über die Bäume, das dichtgeschlossene Grün des Friedhofs und des angrenzenden Waldes, hinunter auf die kleine Stadt, hörten das undeutliche Raunen aus dem Hintergrund und manchmal ein hohes Flugzeug, die Geräusche des Tages. Sie warteten. Bis der feine Klang der Totenglocke klirrend die Ligusterhecken durchschnitt und den Blick freigab: auf die Grabsteine und die provisorischen hölzernen Kreuze über den neuen Gräbern.

Mitgezogen und in die erste Reihe gedrängt dann das Ritual, Heranrollen des schwarzen, glänzenden Sarges, die abgegriffenen Mützen der Totengräber, der Zug der vertränten und betupften Gesichter, verstohlen in Hemdsärmel gesteckte Taschentücher, einzelne Schleier, die Reste des alten Jahrgangs, Händedruck, Geflüster. Er stand in geringem Abstand vom Grab, das seinen Blick anzog, dessen exakt eingeschnittene Ränder einzelne zerrissene Wurzeln zeigten, das allein der Feierlichkeit trotzte. Er sah die dunkle, feste Erde. Er sah die Arbeit der Männer, die, Hand über Hand, den Sarg am Seil hinunterließen, versuchten, sich die Würde ihrer Aufmachung zu erhalten. Kleine störende Schweißtropfen liefen ihnen an den Nasenflügeln entlang. Er vermied es, in die Gesichter der anderen zu sehen, fürchtete die Erinnerung, nickte zu den wiederholten Einladungen. Nachher, Schloßhotel, er würde kommen, sicher.

Nur einzelne Bilder des Toten, kurze Begegnungen fand er, nichts, was ihn binden konnte, keine Verbindungen. Er suchte, verschwommene Reste zusammenzufügen, sein Großvater, Naturwissenschaftler, Veröffentlichungen in Zeitschriften, Tageszeitungen, Umweltschutz, Forschungsabteilung des Instituts, Interviews. Wo war er ihm zuletzt begegnet, woran war er überhaupt gestorben. Ein schmächtiger Mann mit langen weißen Haaren und dicker Brille. Die einzige Vorstellung fand ihn in seinem Garten, Unkraut jätend. Ein Foto, das er einmal gesehen hatte, zeigte ihn beim Präparieren des Unterkiefers eines Walfisches. Sollte das alles sein. Seine Insektensammlung, er erinnerte sich an die Zeit, als er fragend vor dem großen Schrank mit den schmalen Schubladen gestanden hatte und dann durch gläserne Abgrenzung die Käfer und Schmetterlinge betrachten durfte. Er hätte sie gerne angefaßt, konnte sich das Weiche, Pelzige ihrer Flügel vorstellen, ließ sich erklären. Hunderte aufgespießter Insekten, Schildchen darunter mit Daten, Namen und Orstangaben. Und ein breiter Schnurrbart hatte ihm immer gefallen, der reichte weit über die

Oberlippe und hüpfte beim Sprechen auf und ab, der war ebenso weiß wie seine Haare; eigentlich doch eine ganze Menge.

Ihr Großvater, sagte sie, Ihr Großvater war ein bewunderter, ein bewundernswerter, ein bekannter Mann; ich habe ihn bewundert, ich auch, wir alle haben das. Sie zog ihn an der Hand zu sich, hinunter zu ihrem eingefalteten Mund über dem Spitzenkragen auf schwarzem Samt. Er beugte sich und roch den scharfen Duft eines jener Erfrischungswässerchen, die er aus der Handtasche seiner Mutter kannte. Ihr warmer Atem schlug ihm vor die Augen, die er immer noch auf die feuchten braunen Ränder des Lochs gerichtet hielt, fettige, in grobe Stücke gebrochene Erde zu beiden Seiten, Bohlen und Riemen, quer darüber. Er hörte das unregelmäßige Gepolter, wenn der hinuntergeworfene Sand den Sarg traf, ein kleines, hohles Geräusch, und das kurze Schlurfen der Schippe. Das Gemurmel der gebückten Menschen vor ihm, die alte Sätze von Staub und Erde wiederholten, und das Gerede der Frau, die immer noch seine Hand hielt, ihm erzählte, wie tapfer sein Großvater das Leid getragen hatte, die ganzen letzten Jahre hindurch, vermischt mit Gesprächsfetzen, die er durch die Hecken nahm; all das begann sich um ihn auszudehnen, versperrte ihm den Weg nach draußen, heraus aus der Enge der tiefhängenden Äste, der immergrünen Hecken und prangenden Grabsteine. Ihr Großvater, kam es wieder von unten her, war ein edler Mann, wir alle mochten ihn, seien Sie dessen versichert, eine große Trauergemeinde, sehen Sie, und nur zu Recht – und so ein großer Enkel, Sie sind doch der Ruhland nicht wahr, das sieht man gleich. Er nickte, zog seine Hand zurück, weg von dieser Alten, die er nie vorher gesehen hatte, die herausgebrochen war aus einer großen Gruppe alter Leute, auf ihn zu, ihn angesprochen hatte; er wußte keinen Grund, und nickte, sah sie auch jetzt nicht an, ja, ja, sagte er, jaja, und Vielen Dank.

Er drehte sich und versuchte, eine Strecke vom Grab entfernt, im Labyrinth der kleinen, gefegten Seitenwege zu verschwinden, aber immer traf er auf Grüppchen, die ihn ansahen, aus denen er angesprochen wurde, gefragt. Wie er ausgesehen habe, sagten sie, als sie ihn zum letzten Mal sahen, vor Jahren, Ruhland, tja, so klein – und jetzt. Die Zeit vergeht, sagte er, jedesmal. Er wiederholte es für jeden von ihnen, die Zeit vergeht, die Zeit vergeht nämlich, er wollte schon rufen, ich bin Ruhland, früher war ich so klein. Sie merkten nichts, fanden das nur natürlich, die Zeit, ja, ja; was soll sie tun, sagte er, mutiger, gehässiger. Er wollte den Teufel tun und ähnlich aussehen oder sein, kein Held, verdammt, nichts: schon gar keine Ähnlichkeit mit Toten.

Er ließ sich am Arm führen, hängte, noch zögernd, seine Jacke über die Lehne des zugewiesenen Stuhls, nahe dem Kopfende der langen Tischreihe, und nickte zu dem Geflüster des Kellners, war erstaunt, als der die Jacke nahm und hinaus brachte. Er sei etwas früher als die anderen noch erwarteten Gäste, man könne ihm aber vielleicht in der Zwischenzeit einen Kaffee anbieten oder einen Aperitif. Das makellose Weiß der aneinandergereihten Tischdecken, das Spiegeln der Kristallgläser, das Besteck, Silber, in Art des Hauses, Schloßhotel, mit Blick auf den Park und über das Tal. Er erinnerte sich an die Prospekte, deren pergamentene Farbe ihm als Kind gefallen hatte, und an die

Texte unter den Postkartenbildchen: Umgeben von uralten Bäumen, die schon Fürstengeschlechter überdauert haben, wie in alten Zeiten speisen – fürstlich in Aussehen, Ansehen und Geschmack. Ach bitte, sagte er schnell, kann ich den Kaffee irgendwo anders, im Speisesaal oder so, und einen Cognac dazu. Ein erstaunter Blick, natürlich, neue Anweisungen, wenn es dem Herrn hier nicht zusagt, im Hotelrestaurant, gleich nebenan, Treppe hinunter, durch die Glastür.

Seine Stimme erschien ihm lauter und hastiger als nötig, er lief über samtene Teppiche den beschriebenen Weg und fand erleichtert das Restaurant, im ältesten Teil des Schlosses, unter gotischem Gewölbe dann einen Kaffee. Er saß und starrte hinaus in den Park, dessen dichtes Grün von hier aus nicht zu durchschauen war, beruhigte sich allmählich am Anblick des feuchten Dunstes, der noch vom Morgen zwischen den Blättern hing. Er schlürfte an seinem Kaffee, füllte vorsichtig Cognac aus dem kleinen Glas in die Tasse und sah, wie die ersten Anzüge aus den Autos im Hof stiegen und sich ins Foyer drängten. Er fühlte ein unbestimmtes Zucken und auch einen kleinen Schmerz in der Magengegend und dachte, daß das vom übergangenen Frühstück kommen müsse.

Dann eine bekannte Stimme, Grüß dich Ruhland, wieder Jochen, von draußen habe er ihn sitzen sehen. Etwas in ihm fühlte sich erleichtert, mag sein: der Magen, oder es war, weil er daran gedacht hatte, wie er jetzt oben stehen könnte und die Gäste einzeln begrüßen müßte. Du auch einen Kaffee, mit Cognac vielleicht. Kein Hallen mehr, die Wörter klangen wieder normal und kamen nicht gepreßt schon unterhalb der Lippen hervor, als würden sie den Kehlkopf sprengen; ein paar Sätze, Jochen würde zuhören und antworten, kein Erschrecken, sich selbst zu hören. Ich glaube, dieses Begräbnis hat mich ziemlich mitgenommen, Jochen nickte.

Weißt du, sagte Jochen, wen ich gesehen habe: deine liebe Cousine Andrea, die kennst du ja wohl noch, der Familienskandal scheint also vergessen. Ach ja, Andrea; er erinnerte sich nicht ungern, wie er es jetzt vielleicht sollte. Ein Skandal, er lächelte beim Gedanken an den Aufruhr der Verwandten damals, der Freunde der Familie. Die einen kopflos empört, die anderen, die ihm vertraulich auf die Schultern klopften, es geht schon vorbei, in ihrer Jugend hätten sie auch, naja, in gleicher Weise widerlich. Sowas wird nie vergessen, sagte er, geh nur hin und sieh sie dir an, wie sie da oben sitzen, hergerichtet, aufgeputzt in Schwarz und in Tränen, zwischen Silberbesteck, jede Regung vorgeplant, Kartoffeln mit Messer schneiden ist da nicht, und Cousinen küssen auch nicht, schon gar nicht im Bett, da kannst du machen was du willst. Aber es freut mich doch, daß sie gekommen ist, sagte er.

Nach zwei Kaffee und zwei Cognac kamen sie auf die Schulzeit, lachten schließlich über alte Dummheiten und über Lehrer und Mitschüler, erzählten von inzwischen und was sie machen wollten jetzt. Sie lachten über den Ort ihres Zusammentreffens und versprachen sich, nicht wieder ein Schloßhotel nötig zu haben fürs nächste Mal. Auch keinen Sarg, sagte Jochen. Und dann, sagte Ruhland, brauchen wir auch nicht von Schule zu reden, als hätten wir den Bauch oder Kopf, den man sich dazu gewöhnlich beim Lachen hält. Es ist hier doch keiner von uns gestorben, oder.

Dann die Treppe hinauf standen, angelehnt unter den gerahmten Kupferstichen, Leute mit Gläsern in Händen und einer Zigarette vor dem Essen, ein kleines Gespräch noch. Er grüßte, Jochen grüßte, er hörte Satzfetzen, den Namen seines Großvaters, Wörter wie Schicksal, Tod und Alter, Schrankwand und Bücher, Nachlaß und Mercedes, und sah durch die Tür schon die Flügel zum Balkon weit geöffnet und die Fortsetzung der herumstehenden Grüppchen im Freien. Kaum jemand hatte am Tisch seinen Platz eingenommen, studierte man nur ab und zu die Namenskärtchen, so genügte das zu neuem Gesprächsstoff.

Er schob sich hinaus bis zum Rand des Balkons, lehnte sich an die Brüstung, die so hoch war, daß er gemütlich die Arme aufstützen konnte. Das trübe Licht hatte sich etwas gehoben und die Bäume und Häuser und Straßen im Tal waren recht gut zu erkennen, ein lauer Wind trieb erste gelbliche Blätter über den Rasen im Park, der sonst noch keine Anzeichen von Herbst zeigte. Tod eines Wissenschaftlers, der mein Großvater war, dachte er, Tod mit Sonne darf es nicht geben, bekannte Leute müssen im Herbst sterben, oder im Winter.

Er wurde vorgestellt, Mitarbeitern des Alten, Wissenschaftlern, Professoren, und die lauten Begrüßungen verschiedener Tanten, die alte Frau, die bei der Beerdigung von seines Großvaters Würde gesprochen hatte. Hände wurden geschüttelt, kurze Worte zur Begleitung, Erklärungen, Beschreibungen. Wieder zur Brüstung zurückgekommen, fühlte er eine Hand auf der Schulter, der leichte Druck ließ ihn schon im Umdrehen Erinnerung fassen: Andrea. Plötzlich merkte er, daß er auf sie gewartet hatte. Sie fiel ihm um den Hals und begrüßte ihn mit Küßchen – durfte man das; er sah sich um, offensichtlich nicht. Bedrückende Blicke wandten sich von ihm ab, Mundwinkel zogen sich zusammen, er glaubte schon, ein

Na Bitte zu hören. Schön, dann eben nicht, dachte er, er lachte in ihr Ohr, fühlte ihren Körper vertraut, wie abgetrennt von den Umstehenden, ein einziger Körper, der Wärme hatte, erreichbar war. Sie standen nicht lange nebeneinander und redeten, drei Jahre waren zu erzählen, als hinter ihnen Bewegung laut wurde, Stühle wurden gerückt, Teller klapperten. Jemand kam und rief ihre Rükken zum Essen, zu Tisch, sagte der, langsam bewegte man sich nach drinnen.

Ruhland entschuldigte noch seine Verspätung vom Morgen, erzählte seiner Mutter vom Stau auf der Autobahn und wiederholte die Geschichte drei oder viermal für andere. Dann fand er Andrea auf dem Stuhl neben seinem Namensschild sitzen, mit einer silbernen Gabel winken. Er hörte, wie sie Na Und sagte, als ihr ein Kellner bedeutete, daß dies nicht der richtige Platz sei, ein anderer Name sei hier eingeplant, sah, wie sie ihm das Kärtchen vom Tisch in die Hand drückte und mit den Achseln zuckte. Er setzte sich neben sie und rückte mit seinem Besteck, das nun nicht mehr so akkurat zu liegen brauchte, das ihm überhaupt das einzige schien, was hier noch verrückbar und beweglich geblieben war. Jochen lächelte ihm von drüben zu.

Die Suppe brachte gefräßiges Schweigen über die Tische, doch bald zitterten die ersten Sätze vereinzelt von Stuhl zu Stuhl, verdichteten sich eifrig und füllten den Raum wie zuvor mit zähem Gewebe, jetzt vermischt mit den Geräuschen des Essens. Da ist so ein Schrank, der, du kennst ihn sicher, der im Arbeitszimmer stand, ein riesiges Ding, uralt, Eiche massiv, weißt du, mit so kurzen klobigen Füßen und diesen Vorbauten unten und oben. Ein Schreibtisch und Bücher und so diverser Kleinkram. Wenn er davon was haben wolle, sagte man ihm, er müsse sich nur melden, bevor alles weg sei. Ein Testament dürfte es ja auch geben. Wen wohl der alte Herr bedacht habe. Unsicheres Lachen in den Reihen. Na ja, die Enkel werden sicher was abkriegen, die sicher, obwohl: der Ruhland habe sich nicht allzusehr gekümmert, ich glaube gar, sagte eine Tante, er war im letzten Jahr nicht ein einziges Mal zu Besuch, stimmts. Ruhland sah auf, was ist mit mir, ja, ja, aber ich will gar nichts haben. Nur nicht so bescheiden, erst seien sie immer bescheiden, und nachher, das kenne man. Aber immerhin, verdient habe er es nicht. Wie verdient man Schränke und Schreibtische, so ein paar Schmetterlinge vielleicht, dachte er, an die Wand gepinnt, darunter den weißen Schnurrbart, das wäre doch ein Souvenir. Teppiche sind auch da, sagte die Mutter, einen Teppich könne er doch sicher brauchen, so wie es bei ihm aussehe. Wie sieht es denn aus, hmm – so wie hier nicht, sagte er, und Orientteppiche könnten ihn, einen Schreibtisch habe er, Schrank wolle er nicht, und überhaupt, nein, Schreibmaschine habe er auch, überhaupt wolle er seine Ruhe haben.

Wie sieht es denn aus, fragte Andrea; Andrea in Hosen, wie er nicht dazu angetan, dem Toten die verlangte Ehre zu erweisen, wie immer, fast so, wie er sie nachgebildet hatte für sich, drei Jahre älter. Wir sind, sagte er, und zog mit der Hand einen Bogen über dem Teller, nicht mehr anpassungsfähig in einem derart gestelzten Rahmen, der einzige Tote, dem du vielleicht Ehre erweisen kannst, ist nicht hier. Oh, sagte sie und verzog den Mund zu einem mitleidvollen Grinsen, oh, es ist schon schwer, Bürgersöhnchen zu sein, man muß immer alles ordentlich erklären können und in anständigen Sätzen. Sie streichelte sein Knie unterm Tisch und lachte ihn aus, sie lachten sich zu. Er gab ihr seine Telefonnummer und Adresse, zum Nachsehen, wie er wohnen würde, ob ihm vielleicht ein Teppich fehle und zum Kaffee, Jochen auch. Wenn sie wolle, dann gleich nachher, sie hätten etwa den gleichen Weg, sagte er, muß aber nicht sein.

Es bildeten sich Grüppchen, durch Zuwendung und Deuten über die Tische. Was denn mit dem Auto passiere, fragte einer, keine Ahnung, aber sicher habe er doch eines, verschenken könne man auch nichts.

Unten im Park dann, er war nicht nur zur Toilette gegangen, setzte er sich auf eine der braunen Bänke, las das Kupferschild, das anzeigte, wer sie gestiftet hatte, und sah zwischen die Bäume, betrachtete verschiedene Formen zugeschnittener und gestutzter Ligusterhecken, die Wege und Winkel eingrenzten wie auf dem Friedhof, eine Reihe Lebensbäume weiter entfernt im englischen Teil des Gartens. Er fühlte sich schon etwas besser, die Übelkeit hatte nachgelassen, er konnte tief atmen und die kühle Luft fühlen. Noch vor dem Nachtisch war er aufgestanden, hatte Entschuldigung gesagt, sich an den Stuhlrücken vorbeigedrängt; ich geh mal runter, halte es hier nicht länger aus, hatte er Andrea hinterlassen. Er wollte das Schweigen nicht abwarten, das entstehen mußte, wenn niemand mehr mit Essen beschäftigt war, die Gespräche, die sich daraus entwickeln würden.

Es war nun doch ein Sommertag geworden, Altweibersommer zwar, mit einzelnen Spinnfäden in der Luft, kühler als er aussah, aber mit hellem, gelblichen Sonnenlicht, das richtige Strahlen zwischen den Bäumen und deutliche Schatten hervorbrachte. Die Blätter, die schon unter den Bäumen um die Stämme lagen, wirkten nicht mehr herbstlich, manchmal verlieren Bäume auch im Sommer Blätter.

Angesichts dieses Nachmittags entfernte sich der Gedanke an den Morgen, an das Essen im ersten Stock, oder gar der Gedanke an den Toten. Irrsinn, sich Erinnerungen zurückholen zu wollen, Pietät zu beweisen, trostlose Versuche im Wirrwarr der Kindheit, wo es im Zigarrenrauch von Schmetterlingen in Holzkästen wimmelte, wo schnurrbärtige Großväter, mit Fernglas in der Hand, Bäume, Sträucher, Stauden, Wildarten, Gattungen erklärten.

Lange mußte er nicht warten. Als Andrea neben ihm auf der Bank saß und erzählte, Jochen sei auch gegangen, er würde anrufen demnächst, sagte er, nun gut, du brauchst mich nicht später erst anzurufen, kannst gleich mitkommen, kannst hinter mir herfahren, Kaffee habe ich auch noch. Das war meine letzte Beerdigung sagte er, ich will nie sterben, oder doch nie beerdigt werden, komm.

Bericht vom Stundentraum

Wie wäre es, wenn er am Eingang der Stadt, die er schon lange kennt, vielleicht ist es die Stadt, in der er geboren wurde, wo er gespielt hat, im Sandkasten, auf der Straße, und wo sonst gespielt werden durfte und konnte, vorwiegend in Abbruchhäusern, die schon Jahre leerstanden, oder doch seit einem Winter, seit sie verkauft wurden; wie wäre es, wenn er dort stehen bliebe. Er kommt von einem Spaziergang durch den Stadtwald zurück, hat einen Freund besucht, der in den neuen Häusern am Stadtrand wohnt. Die Stadt hat einen Eingang, wenigstens hatte sie einen, Reste eines Tores zeigen ihn, wo die Stadt längst begonnen hat, nach der Reihenhaussiedlung und den Brauereien, Kilometer nach dem Ortsschild. Ein freier Platz, ein paar Bäume, Ahorn zumeist, Denkmalschutz, auch nachts beleuchtet. Er bleibt also dort stehen, was nicht nötig wäre, sagt er sich, denn er kennt den Ort seit seiner Kindheit, bleibt und sieht einmal genauer hin, sieht sie dort sitzen, genau neben dem Schild, auf dem steht Betreten verboten, zurückgelehnt an die Mauer. Die Augen geschlossen, der Kopf etwas auf einer Schulter, die Hände flach neben sich.

Er hört eine Fabriksirene, mag sein von der Brauerei, es muß also Fünf sein, oder sie machen um Vier schon Schluß. Jedenfalls Nachmittag, die Sonne steht gegenüber und schräg. Er kann sich seinen Tag ja meistens selbst teilen, zumindest Nachmittage kann er ausfüllen mit Eigenem, und er hat keine Eile. So bleibt er stehen, nur einen Moment noch, denkt er, murmelt etwas vor sich hin und stellt sich dann mit dem Rücken gegen den schwachen Wind und zündet an einer Zigarette, beugt das Gesicht zur Flamme zwischen seine Hände, und als er sich wendet: der Platz ist leer. Er geht nicht über den Rasen zur Mauer, zwar hat er schon einen Fuß vorgesetzt, hält aber inne, denn so wichtig war das nicht. Er bleibt noch diesen Moment, eben so lange er von seiner Zeit nehmen wollte, und als sich nichts rührt, niemand kommt aus dem Turm oder durch die Reste des Tores, beschließt er mit dem Bus weiterzufahren. Er sieht noch die Stellen oben am Turm, direkt unter dem alten hölzernen Rundgang, der nur noch in Teilen besteht, wo neue Mauerteile eingesetzt sind, die kleinen Fensterchen entlang, und kann nichts entdecken. Auch von der Bushaltestelle aus sieht er sie nicht. Er steigt ein, stempelt seine Karte, findet einen freien Platz, ruckt mit dem Kopf beim Anfahren, hört das Surren des Elektromotors, die Stimmen.

Aber er kommt wieder einmal vorbei, zwei Wochen später, denn er hat einen Freund dort draußen, und bis dahin mit dem Auto zu fahren erscheint ihm unsinnig, also läuft er wieder. Auch geht er oft spazieren, den Hügel hinauf zum Stadtwald, wochentags, wenn dort nicht Kinderwagen geschoben werden und Wandergruppen laufen. Er bedauert im Stillen die anderen, die nur an festgelegten Tagen seine Wege gehen können und hütet sich, seine Spaziergänge zu berichten, aber er nutzt seine Zeit, selbst wenn das stumpfe Gefühl, vielleicht in der Beschaulichkeit von einer Reihe unendlich trübsinniger Spaziergänge zu enden, nicht aufhören will. Er sieht dann immer weniger von Straßen und Wald und vergißt sein Laufen beinahe, auch, was er an Arbeit zu Hause liegengelassen hat.

Wieder drei Wochen später, wieder ein Tag mit streifiger Sonne. Er sieht sie sitzen, erinnert sich und ist verblüfft. Es scheint eine Gewohnheit von ihr zu sein. Heute bleibt er nicht diesen Moment lang stehen, er hat keine Zeit, er hat eine Verabredung noch, sich schon verplant, geht also weiter.

Er ertappt sich dabei, an sie zu denken; er versucht, ihren Aufenthalt dort zu erklären, warum gerade an diesem Tor, er entwickelt Deutungen. Er erzählt irgendwann davon und erntet ein Lächeln. Aha, er gehe also immer spazieren so allein, er solle sich unbedingt einen Hund zulegen, Herr und Hund. Das komme wohl daher, daß er nichts zu tun habe, sich für einen Künstler halte, Müßiggänger haben eben solche Erscheinungen. Und wenn sie wirklich dort sitze. Wenn schon, jeder könne so sitzen, das sei noch lange kein Stoff für eine Sage.

Bald darauf hat er einen großen Auftrag, sitzt nur noch hinter dem Schreibtisch, der Terminkalender füllt sich, er arbeitet Nächte. Neue Aufträge stellen sich ein, Telefonanrufe, Vereinbarungen. Er bemerkt, daß ihm das in letzter Zeit gefehlt hat, daß es ihm besser geht mit der Arbeit, er spricht gern davon, protzt mit Fachausdrücken, entwickelt Präsentationen, entwirft Displays, hantiert mit Klebefolien und Stanzformen. Er geht nicht spazieren jetzt, sitzt nur abends noch mit anderen in der Kneipe.

Es kann also Monate dauern, bis er wieder einmal hinauskommt, vielleicht ist es bis dahin schon Herbst geworden, oder doch Spätsommer. Darum verwirft er den Gedanken an das Mädchen, und daß er noch hingehen und mit ihr reden wollte, einfach über den Rasen und fragen. Er hat vor, ein paar Tage Urlaub zu machen, will wegfahren, so bald wie möglich, Rhön oder Harz. Er fährt in den Harz, für vier Wochen. Er denkt nicht mehr an sie, der alte Wachtturm versinkt.

Zurückgekommen wird er von einem alten Freund besucht, was man so nennt: sie haben zusammen studiert, können sich über gemeinsame Erfahrungen unterhalten, Namen klingen zwischen ihnen an. Er baut ihm ein Bett im Atelier, für ein paar Tage nur. Sie reden über das, was in der Zwischenzeit entstanden ist, kleine Ölbilder, Lithografien, Radierungen, Ausstellungsplakate, Zeitungsausschnitte. Sie diskutieren. Er zeigt ihm die Stadt, wie sie sich verändert hat.

Als sie draußen am Turm stehen und er sagt, er wolle einmal hineingehen, sie sind schon einige Schritte über den Rasen, er hätte es fast vergessen, hält er den Freund am Arm: Letzten Sommer, es ist nichts Besonderes, mir eben nur eingefallen, also vergangenen Sommer habe ich hier ein paar Mal ein Mädchen gesehen. Mehrmals. Jedesmal war sie plötzlich verschwunden. Ein ungläubiges Lachen steht ihm gegenüber, ein Mirakel, hört er, und der Freund ist schon im Turm. Drinnen ist es dunkel und kühl, riecht modrig, und die Holzstufen, die nach oben führen, Wendeltreppe, scheinen nicht sehr haltbar. Er rüttelt an einem Pfosten des Geländers, geht ein paar Stufen hinauf und sieht auf halber Höhe eine Kette hängen, Betreten wegen Einsturzgefahr verboten, schade.

Draußen fragt ihn der Freund: Was hast du gesagt, ein Mädchen, war sie hübsch. Keine Ahnung, wahrscheinlich, warum nicht, blöde Frage. Ihm fällt auf, daß er sich kein Bild machen kann. Ihr Gesicht, Haarfarbe, Kleidung, ist das wichtig, nur wie sie saß. Er hofft, sie noch einmal zu sehen, weiß plötzlich alle Fragen, die er stellen könnte, er nimmt sich vor, sie zu fragen. Ich weiß auch nicht, sagt er, warum mich das so beschäftigt, ab und zu. Warum sie ihm auffiel, kann er nicht sagen, aber der Freund kennt das:

Wenn du einen Menschen siehst, sagt er, der dich an etwas erinnert – zum Beispiel eine Bewegung, oder wie er steht oder sitzt oder geht, wie er die Arme vor- und zurückfallen läßt, wie er sich durch die Haare fährt oder sich eine Zigarette anzündet, ein Teil des Gesichts kommt dir bekannt vor, vielleicht auch die Hände. Nachher weißt du nichts, gar nichts, nur daß du jemanden gesehen hast, und du schleifst lange den Gedanken mit dir herum, ziehst ihn hinter dir her und versuchst, irgendwie zu ordnen, schließlich, sagt er, wünschst du dir, den Menschen noch einmal sehen zu können.

Er sieht ein Foto, nicht viel später. Er sitzt auf einem weißen Plastikstuhl vor einem Straßencafé, Haupteinkaufsstraße, Fußgängerzone, und trinkt Orangensaft, liest in der Tageszeitung und findet auf Seite fünf eine Fotografie. Mit Unterschrift: Mittelalterlicher Wachtturm mit Resten der Stadtmauer. Er liest nicht den Artikel dazu, denkt vielmehr an das Mädchen. Der Gedanke wird langsam unangenehm, er wird ihn abschütteln, aber trotzdem, wie wäre es, wenn er sie noch einmal sehen könnte, wenn er sie träfe. Blödsinn, er hat nie mit ihr geredet, was läßt sich aus einem sitzenden Bild machen.

Er geht zur Straßenbahn, drückt auf den Knopf neben der Tür, die sich öffnet, springt die drei Stufen hinauf und stößt an jemanden. Der Anprall ist leicht, er sagt Verzeihung. Wieso, sagt das Mädchen. Er sieht sie an. Sie hat eine Einkaufstüte in der Hand. Ein Lächeln, sie wiederholt, wieso Verzeihung, alle Leute müssen sich entschuldigen, bloß keinem zu nahe kommen. Mag sein, daß er nur die Tüte gerempelt hat; nun sagt er, aber schon unsicher, ich hab doch, er macht eine Bewegung von unten her mit der Hand. Wieder Lächeln, ja, ja, dann entschuldige dich eben, ist schon gut. Sie stellt sich in die Ecke zwischen dem Fahrkartenentwerter und der Schiebetür. Sie sieht ihn an. Von hinten wird er geschubst, er hält sich an der Stange fest und steht nun dicht vor ihr, die Zeitung unter den Arm geklemmt. Sie sieht in seine Augen, was ihn noch mehr verwirrt, sagt, ob er das alles so geplant habe, aber er dürfe jetzt nicht vergessen, sie ins Café einzuladen. Nein, sagte er, natürlich lädt er sie zum Kaffee ein, sie lachen gleichzeitig. Vor der nächsten Haltestelle sagt sie noch, daß die Leute in der Bahn oder so, wenn sie versehentlich jemanden berührten, sich immer entschuldigen müßten, um es nicht wie Absicht wirken zu lassen, sie finde das entweder komisch oder ärgerlich – ja, und wenn sich mal jemand danach anders verhalte als erwartet, dann stünden ihm verblüffte Gesichter gegenüber. Aber das sei doch ganz normal. Normal, fragte sie. Sicher ist das normal. Sie wolle aber nun einmal nicht normal, und er habe jetzt die Konsequenzen zu tragen.

Sie steigen aus, gehen über die Straße, immer noch Fußgängerzone, nur Straßenbahnen fahren hier, klingeln häufig und sehen erschrockene Passanten vor sich laufen. Ein kleines Stück zurück wieder ins Straßencafé. Sie Kaffee, er Orangensaft, weil er kein Cola trinkt.

Er ist wieder einmal davongelaufen, geliehene Stunden, auf dem Schreibtisch im Atelier stapeln sich beiseitegelegte Arbeiten, er hatte nichts mehr zu trinken zu Hause, wollte nur eine Flasche Wein holen, ist nicht weitergekommen. Wenigstens eine Sache muß diese Woche noch raus, muß fertig werden. Stattdessen im Trubel, hastende Menschen betrachten, ein paar Stunden vertrödeln, was hier, wo alle zeigen, wie wichtig das Rennen ist, am angenehmsten ist.

Das Klingeln der Straßenbahnen, die Schritte, eine geschlossene Kulisse von Pflastersteingeräuschen; gut, jemandem zu begegnen, den man noch nie hier gesehen hat, ihn anzusprechen und mit ihm zu reden. Es wäre wie eine ganz alte Geschichte, aus der Zeit, da die Menschen besser miteinander reden konnten, vielleicht.

In großen Betonkästen sind schlaksige Bäume aufgestellt, etwas Grün um die Stämmchen, die die Straße freundlicher machen sollen. Die Auslagen der nächstliegenden Geschäfte, trister Komfort, der überall angeboten wird. Und dann die Frau, die vor ihm sitzt. Sie redet, sie fragt, sie fängt irgendwann an, von sich zu erzählen, schließlich erzählt auch er – von seinem Schreibtisch, der ihn erwartet. Aber er hat schon beschlossen, daß heute aus Arbeit nichts mehr wird, lieber morgen, und morgen Nacht. Es muß gleich halb sieben sein, er will zahlen, muß doch noch Wein kaufen gehen.

Es werden zwei Flaschen, weil sie sagt, daß sie es gut fände, wenn er sie noch weiter einlüde, auf ein Gläschen oder zwei, sie sei froh, daß sie mal mit einem reden könne, ohne Sachen gefragt zu werden, die sie nicht beantworten wolle. Sie bezahlt, sie sucht aus; Rotwein, Ingelheimer, eigentlich mochte er keinen roten Wein, aber er läßt es geschehen.

Als er dann in das Zimmer kommt, er hat zwei Gläser geholt aus der Küche und den Korkenzieher, hat sie fast alle Lampen brennen, Galabeleuchtung, und steht vor einer Wand, betrachtet seine Bilder, die Hände in den hinteren Hosentaschen, die Arme in die Luft gestützt. Sie wippt auf den Absätzen, stellt sich auf die Zehenspitzen und betrachtet die Unterschriften unter den Glasrahmen. Hast du gemacht, oder – er nickt, ja, aber es sind fast alles ältere Sachen, er kommt ja zu nichts, sagt er, deutet nach nebenan zu seinem Schreibtisch, Plakate und Packungen gestapelt, an den Wänden Schriftmuster, Farbskalen. Wenn ich keine Arbeit habe, sagt er, kann ich nichts zeichnen, bin nicht ruhig genug, bin wie ausgeleert, wenn ich welche habe, ist keine Zeit. Schade, sagt sie, tippt mit dem Finger an einen Rahmen, das gefällt mir, Werbung ist fad, mieses Geschäft, aber das hier gefällt mir. Er entkorkt die erste Flasche und füllt vorsichtig die Gläser, sie stoßen an, auf daß du wieder zum Malen kommst, sagt sie, und auf unsere Freundschaft. So, wo wäre da eine, noch ist nirgends etwas von ihr zu sehen. Och, sagt sie, ich hab ein gutes Gefühl. Sie beugt sich vor und küßt ihn schnell auf die Nasenspitze, sie lacht, hat nicht ganz getroffen so schnell. Er macht ein verblüfftes Gesicht, zieht sie aber doch zu sich und ihr Kuß schmeckt kühl nach Rotwein, ertränkt ein kurzes Lachen. Er stellt fest, daß sie gut riecht, daß er auch ein gutes Gefühl hat, sagt, daß er sie riechen könne.

Wenn sie geht, federt sie in den Kniekehlen; er fragt, zu welchem Spiel das gehöre. Nein, sagt sie, sie freut sich ein bißchen, aber zum Hüpfen langts nicht. Sie hat den Wein gut gewählt, noch eine Entdeckung.

Er könnte doch einmal eine Ausstellung machen, sagt sie, so schwer könne das nicht sein, sie habe schon schlechtere Sachen in Galerien gesehen, ob er daran noch nie gedacht hätte. Nein, aber ein Freund, der kann das besser, sagt er, holt aus dem Schrank ein altes Litho, und drüben im Atelier über dem Schreibtisch hänge noch eine kleine Radierung von ihm. Ja schon, sagt sie, aber seine Bilder gefielen ihr besser. Er hat keine Lust, darüber zu reden, er versucht, das Thema zu wechseln, will kein Künstler sein, nicht so auftreten müssen, diese Zeit sei vorbei, sagt er.

Sibylle, irgendwann, es ist nicht das erste Mal, daß er ihren Namen nennt, dann fällt ihm ein: es war etwas Älteres, kein Roman, eine Sage, er hat eine Vorliebe für Sagen, alle seine Tagträume haben sagenhafte Gestalt. Er fragt, ob sie wisse, was ihr Name für Bedeutungen habe. Nichts Besonderes, sagt sie, außerdem kann ich nichts dazu. Aber irgendwas ist damit, sagt er, vielleicht ist es das, was ihn schon die ganze Zeit glauben läßt, er könne dies hier nur träumen, schon in der Straßenbahn habe es angefangen, er denke, er müsse jeden Moment aufwachen, gleich den Wecker hören, oder das Telefon, weil er einen Termin verschlafen habe. Später kramt er in seinen Büchern, sieht im Lexikon nach, aha.

Er hatte vergessen, nach ihrer Adresse zu fragen, ihren Nachnamen hatte sie nicht gesagt. Also wartet er, es kommt ihm vor, als habe sie nichts über sich sagen wollen, jedenfalls keine Daten, als habe sie verhindern wollen, daß er sie suche und finde.

Einmal, er macht wieder Spaziergänge, glaubt er, sie zu sehen, läuft über die Straße, und sie ist verschwunden, er tippt endlich an eine Schulter und sieht in ein fremdes Gesicht, sagt Entschuldigung, denkt natürlich sofort an das, was sie darauf gesagt hätte, und er gibt es auf. Dann läuft sie mit einem Mann vor ihm her, verschwindet in einem Kaufhaus; das hat fünf Etagen, also keinen Sinn.

Sie ruft an; er kaut gerade an einem Apfel, betrachtet die rötlichen Striemen im weißen Apfelfleisch. Ich habe schlechte Zähne, sagt er, das blutet, und er versucht, mit dem Fingernagel in die Ritzen zu kommen, wo faserige Stücke stecken. Ob sie wieder mal mit ihm reden könne und so, fragt sie. Und so, ja, aber nicht heute, morgen vielleicht; um drei im Straßencafé, sagt sie, du weißt, wo wir zuerst waren. Hmm, also gut, er legt auf. Er beißt in den Apfel, der knackt, tatsächlich, Äpfel können so knacken wie in Werbesendungen, nur dieser hier färbt sich dabei. Zum Zahnarzt wird er deshalb nicht gehen, nein, sagt er laut, er lacht, also morgen.

Er trinkt ein Glas Wein, Ingelheimer Roten, und fängt ein Bild an, wieder einmal mit dem Bleistift arbeiten. Es kann nicht schaden: eine Sibylle, er hat Vorbilder studiert, Michelangelo, er wird eine Zeichnung machen, mit Widmung, vielleicht will sie sie haben, mag sein, daß sie ihr gefällt.

Abends, ihr zweiter Abend, sie sind noch in eine Kneipe gegangen, sind noch einmal gelaufen, ein gutes Stück bis zu dieser Kneipe. Sie sitzen, schon kein Umsehen mehr nötig, diesmal auf Holzstühlen am schmalen Tisch, Blick in die Gläser und Gesichter darüber, Augen und Mund, vor allem Mund. Die staubige Luft dringt durch die Tür mit den ewigen Geräuschen der Straße, einmal ein Pfiff und wieder Stimmen. Er will sie fragen, ob sie schon einmal draußen war, vor der Stadt, ob sie den alten Turm dort kenne. Aber wahrscheinlich würde sie sagen, er wühle in alten Sagen und wolle Zusammenhänge schaffen, es sei aber lange nicht alles verbunden, wie er meine. Sie würde es irgendwie abtun, so erscheint auch ihm der Gedanke unmöglich, verrückt. Ähnlichkeiten könnten schon bestehen, aber das wäre auch alles. Ich bin verrückt, sagt er nebenhin, ich träume ab und zu, ich träume Situationen und führe diese Träume fort, wenn ich längst aufgewacht sein sollte. Ähnlichkeiten mit tatsächlich lebenden Personen sind rein zufällig, murmelte er.

Am nächsten Morgen, als sie geht, ein flüchtiger Kuß

noch; nachdem sie schon, unten vor dem Haus, gewunken hat, fühlt er wieder diese Frage, wenigstens will er ihr doch einmal von dem Turm erzählen. Von hier oben sieht sie so ähnlich aus. Er stellt sich vor, wie sie an eine Mauer gelehnt sitzen würde, mit geschlossenen Augen, Arme etwas angewinkelt schlaff daneben, Kopf auf die Schulter gefallen.

Zwei Tage später, sie hat sich nicht gemeldet: Er wählt ihre Nummer und hört nur ein anhaltendes Summen. Er glaubt an Falsch Verbunden, wählt noch einmal, wieder das Summen. Er sucht die Nummer im Telefonbuch und vergleicht, nochmal: Kein Anschluß unter dieser Nummer. Dann klickt es in der Leitung und schweigt, tot. Er versucht es mit einer anderen Zahl, wählt, was ihm gerade in die Finger kommt, hört das gewöhnliche Tuten; an seinem Apparat liegts nicht. Er fährt zu ihrer Wohnung, findet das Haus – die Treppe hinauf, klingelt wo ihr Name steht. Er bereitet sich vor, dein Telefon ist kaputt, will er sagen. Ja bitte – vor ihm steht eine Frau mit Schürze, ein Handtuch über der Schulter, ja bitte – ach ja, das Fräulein hat hier gewohnt, das ist richtig. Er stottert fast, aber, sagt er. Nein, letzte Woche, der Vertrag war doch schon lange unterschrieben, was denken Sie. Ja, nach Berlin hat sie gesagt, nach Berlin. Danke, sagt er, und: Ihr Telefon ist kaputt, oder haben Sies abgemeldet, ach ja, haben Sie ihre Adresse, die Adresse. Da kann ich Ihnen nicht helfen. Er hat sich umgedreht, vielen Dank, Dankeschön über die Schulter, da kann man nichts machen, sagt er.

Er geht die Treppe hinunter, langsam, hört jeden Schritt in den Keller krachen, aufschlagen und verhallen.

Wieder zu jenem Turm, zu Fuß, er bleibt stehen; heute also ist sie wieder da. Sie hat braunes Haar diesmal, schulterlang, und Hosen an, und eine weiße Bluse, oder beige etwa. Zuerst glaubt er, es sei nicht Sibylle, dann erschrickt er, weil sie es ist. Er steht vor ihr, ist schon über den Rasen gelaufen. Er will sich neben sie setzen oder doch wenigstens in die Hocke gehen vor ihr und sie fragen, was sie hier mache, was überhaupt los sei. Er will ihr jetzt erzählen, daß er sie schon oft hier gesehen habe, manchmal habe sie geschlafen, und daß ihm das langsam unheimlich werde, warum sie das mache, diese Art, hier zu sitzen, warum also. Er will wissen, warum sie ausgezogen sei, was sie in Berlin wolle, warum sie nicht angerufen habe, er habe gewartet. Er will sie leise anfassen. Sie lächelt zu ihm herauf, Betreten verboten, sagt sie, und deutet auf das Schild neben sich. Guten Tag. Sie steht auf, ich muß jetzt gehen, sagt sie, und ist um den Turm. Er läuft hinterher, hält sie fest am Arm. Sie dreht sich zu ihm, sieht in sein Gesicht, nein, sagt sie, ich muß gehen. Er läßt los, sagt: Sibylle, aber Sibylle. Sie lächelt: Du irrst dich, sagt sie, ich heiße nicht Sibylle, ich muß jetzt aber wirklich gehen. Er läßt los, sieht sie in ein Auto steigen und fortfahren. Er zuckt die Achseln und geht um den Turm zur Straße zurück, zur Bushaltestelle.

Zu Hause wieder die Bücher. Es muß Sibylle geben, irgendwo muß es stehen: eine Sibylle gab es, die saß vor dem Eingang und schrieb mit Kreide auf Blätter, meist Blätter, die von den Bäumen gefallen waren, manchmal gepflückte, wahrscheinlich Ahorn. Wer kam und sie sitzen sah, konnte in den Blättern suchen, ob er fand, was auf ihn zutraf.

Telefon – er erschrickt, die zerwühlten Papiere vor ihm, er muß geschlafen haben, er murmelt, das Buch hat einen Knick, er hat auf dem Buch gelegen. Ein Traum, ein Traum mitten im Tag, ein Märchen. Wie war er auf Sibylle gekommen. Das aufdringliche Rasseln im Hintergrund, er steht auf. Verdammt, so geht das nicht. Zum Telefon – hallo, ach grüß dich, ja, ich hab geschlafen, glaub ich, gut daß du anrufst jetzt.